消失的地平线

季 风 著

远方出版社

图书在版编目（ＣＩＰ）数据

消失的地平线 / 季风著. —呼和浩特 : 远方出版社，
2019.10
ISBN 978-7-5555-0945-5

Ⅰ.①消… Ⅱ.①季… Ⅲ.①长篇小说—中国—当
代 Ⅳ.①I247.5

中国版本图书馆 CIP 数据核字（2019）第 205333 号

消失的地平线

XIAOSHI DE DIPINGXIAN

作　　者	季　风	
策　　划	胡丽娟	
责任编辑	王　叶　张利君　白秉鑫	
责任校对	王　叶　张利君　白秉鑫	
封面设计	白　欣	
出版发行	远方出版社	
社　　址	呼和浩特市乌兰察布东路 666 号　邮编:010010	
电　　话	（0471)2236473 总编室　2236460 发行部	
经　　销	新华书店	
印　　刷	内蒙古恩科赛美好印刷有限公司	
开　　本	170mm×240mm　1/16	
字　　数	190 千	
印　　张	12.75	
版　　次	2019 年 10 月　第 1 版	
印　　次	2019 年 10 月　第 1 次印刷	
标准书号	ISBN 978-7-5555-0945-5	
定　　价	45.00 元	

如发现印装质量问题,请与出版社联系调换

目录

目录

第一章　死里逃生

八月的科尔沁草原在蓝天白云的映衬下越发显得静谧祥和。乌日东和往常一样，从放牧的简易帐篷里走了出来。已经快一个月了，眼看着膘肥马壮，心里美滋滋的。马群看见主人走了过来，有点蠢蠢欲动，躁动不安。乌日东抬头看看天，轻轻抚摸着枣红马，想到最近又有牧民开始丢失牲畜，心里还是有些隐隐的不安。唉，还是走老的路线比较靠谱。想到这儿，乌日东双脚紧紧地夹下马肚，骏马风驰电掣般奔了出去。

太阳渐渐地落到了地平线。今天好特别，血红血红的太阳又大又圆。马群越走越躁动，带头的枣红马狂躁起来，仰头嘶鸣。乌日东感觉到了诡异，使出浑身解数也没能控制得了它们，只能小心地跟随着马群狂奔。漫天的尘土在落日的余晖下更是遮蔽了乌日东的双眼，只听见一阵紧似一阵的飕飕风声在耳边呼啸。也不知过了多久，只见豆大的汗珠顺着马背在流淌。突然，巨大的隆隆声由远

而近滚滚而来,似千军万马,还没有等他反应过来,人和马已经一起坠入了深渊。

"嘶嘶",乌日东的耳边传来了马的哀鸣声。他睁开眼睛,不远处自己最心爱的枣红马眼角流出了血红血红的眼泪。他努力地想爬起来,可浑身的疼痛使他又晕了过去。渐渐地,刺骨的寒冷把他冻醒。他定睛一看,原来躺在山洞里。摸摸自己的随身物品都还在呢,喝了点儿马奶酒,身上渐渐有了些许力气。乌日东哆嗦着手,点起火把,这才看清地上是厚厚一层牛羊马的尸骨。有些可能是最近才坠落的,尸骨较为完整。环顾四周,这个山洞不大,排列整齐,错落有致,不像是随手挖掘的。自己从小在这里长大,不曾听谁说起过有这样的一个山洞呀。带着满心的疑惑,他仔细地回想之前发生的一切,印象中好像有个巨大的吸盘极速地把自己和马群吸了进去,真的奇怪呀!还有和自己朝夕相伴的枣红马这两天也是显得有些反常,平日里性情稳重温和的枣红马,却表现出躁动不安,临死前看着它流着泪的眼睛是那么不舍。到底是怎么了呢?这也不是猎人的陷阱呀!看看手机也摔坏了,还好电还有,可以照明。手表也不走了,无法确定时间。惊魂未定的他捡来一些干燥的动物尸首放到火上,慢慢地开始想办法。

模糊中,有位盛装的蒙古女子出现在眼前,隐隐约约,一直在说着什么,可又听不真切。女子边说边向黑暗中走去。乌日东跟着她,在迷宫一样的地上通道里走了好一会儿。忽然女子不见了,他一着急伸手想抓她,突然自己就醒了,原来是个梦。火堆不见了,一片漆黑。他拿出手机借着微弱的光,努力回想着刚才女子的指引,这也许就是唯一的希望了。他边走边回想着,在洞的深处一个不起眼的地方,果然隐藏着一条狭窄通道,他毫不犹豫地爬了过去。这里更大更开阔,像一层一层的梯田,每一层都有类似房子的东西,虽然破落衰败,但门洞依稀可见。忽然,远处一块亮闪闪的东西吸引了乌日东的注意力。约有三厘米见方的黄金底面上用红色颜料画着一个人的脸，五官是用黑色的颜料画的，嘴唇上还有两片胡须，栩栩如生，像是平日里节庆时所戴的面具。仔细看下端有几个小孔，应该是可以穿绳的，很精致，他从没见到过。乌日东小心地把它放到藏袍里。也不敢在这里逗留，他沿着蜿蜒的小道寻找着出口。转过几个弯，一个有一人宽的山洞出现在他面前。乌日东回头看看周围黑黢黢的一片，求生的本能促使他沿着洞壁往前爬。越往前，空气越稀薄，受了伤的胸口隐隐刺痛着。而前面的路也堵死了。乌日东紧闭着双眼：难道上天真要我命丧这里？他一拳打在洞窟的墙壁上，手臂没有想象的痛。乌日东看到了希望，他拿出匕首，艰难地挖了起来。也不知道过了多久，乌日东欣喜若狂，沙土夹杂着滚烫的热浪扑面而来，这个蒙古汉子的眼泪夺眶而出，他得救了。

明晃晃的太阳刺得眼睛都睁不开，乌日东顺着通道爬了出来。原来这是沙漠里一个沙丘的顶端。看看太阳的位置，他知道自己应该是在家的最西边，也是这里的禁区。老人们口口相传，在家乡的那片沙漠里，几百年了住着个受了诅咒的美丽的女人。她高兴的时候就会唱出天籁，生气了就会发出隆隆雷声。但不管是天籁之音还是隆隆的雷声，也不管是人或者动物，只要听见此声就会七窍流血而死。所以，牧区靠近西区的这方圆几公里之内是不能靠近的，大家为了牧民的安全还安装了防护网。乌日东家的牧场虽然离禁区最近，但还是有好几公里的隔离带。乌日东就是想不明白，怎么就跨过来了呢？也许这就是天意吧。

乌日东掉进山洞的事情在牧民中传开了。一大早，他家的帐篷里就挤满了来看望他的牧民。阿爸和阿妈忙着招呼乡亲，乌日东躺着有一句没一句地和大伙聊着天。这时，村长带着一位陌生人走了进来，他是内蒙古考古研究所派来的考古专家张天亮。乌日东赶紧拿出从山洞里带回来的那个面具。张天亮

看见后眼睛一亮,猜测这可能是吐蕃时期的黄金面具,极具考古价值。他仔细问询了乌日东在洞里看见的一些情况后,让乌日东好好养伤,自己先赶回研究所,并说等伤好后,一同前往。本来乌日东掉进山洞奇迹生还就让牧民们吃惊不已,现在还发现了古代的宝贝就更令人惊叹了。而有些年老的牧民却觉得,祖先不能被惊扰,怕是要带来诅咒和灾难了。乌日东心里也嘀咕,自己在山洞里的所见确实很神奇,看上去像是有人居住过的。再说了,也不能老是让这片区域成为禁区呀,自己辛辛苦苦养大的马群就这样没有了,虽然是投了保险,但买车的计划肯定是泡了汤。而且牧区经常发生动物走失的情况,牧民们或多或少都有损失。不能再这样下去了,他暗下决心。

初升的太阳照在一望无际的草原上,发出柔和的光。绿油油的草地,风吹过后一排排、一浪浪,化成舞的精灵、绿的使者,在广袤而深邃的草原上飘荡。遥远的天边,阳光波散开来,散落在各处的白色的羊、棕色的马,在蓝天白云的映衬下,在袅袅炊烟里,越发宁静安详。虽然乌日东千百次地看过这样的场景,但那份热爱却从没减退。泥土的芳香混合着家乡特有的甜甜的草味,轻轻拨动着他内心最柔软的地方:我最热爱的这片神奇的土地到底发生过什么?几百年前人们是否也是这样享受着祥和安宁的生活?还有那个穿蒙古盛装的神秘女子又是谁?摇摇头,出门前奶奶那忧郁的眼神不见了,他更加坚定自己应该做些什么。

第二章　古堡发现

　　考察队在考古专家张天亮的带领下，一行十一人出发了。和那次的死里逃生不同，乌日东恨不得让骏马插上翅膀一下子就飞过去。

　　"乌日东，你能不能慢点儿走？这是急着去会那梦中情人吗？"考察队里最年轻的李威打趣着。可能是和乌日东的年纪相仿的缘故，李威第一次见到乌日东时就没有那种陌生感。乌日东回头腼腆地笑笑，放慢了速度。

　　当他再次进到山洞里时，确实被震惊了。在专业设备的照明下，近百座建筑遗迹出现在面前。在稍远处的墙壁上，色彩鲜艳的壁画琳琅满目，还有些是画在一些坚硬的石壁上的。考古队员们发出一阵欢呼。张天亮更是激动得不能自已："太震撼，太珍贵了！"

　　突然，一位壁画里的人物吸引了乌日东的注意，总有似曾相识之感。只见壁画的底色是明黄色的，一排排人物里，有个美丽的红衣女子衣着华丽，端坐在他们的中央。她目视前方，面带微笑。身

旁一位俊美的年轻男了，同样精神矍铄，神情坚毅的目视着远方。而旁边的人物都是双手合十盘坐在那里。在他们下面的一排，画着些平常的人们，身着普通的服装，有的牵着牛羊，有的手拿工具，更有一个马队，驮着琳琅满目的物品。乌日东情不自禁地把目光再次移向那美丽的红衣女子，一瞬间他仿佛回到了十几天前，惊得叫出了声。张领队和队员们全都跑了过来，只见乌日东脸色煞白地张着嘴说不出话来了。张领队顺着手指看见了那红衣女子，真的是美呀！只见她头戴镶嵌着珍珠和玛瑙的王冠，身着红色的用金银丝线绣着的乌力吉图案的藏袍，穿着坎肩，脖子上挂着一串红色的玛瑙项链，紫色的腰带上用各种宝石装饰着，目光温柔而安详。

"这是古代的王妃。只是她的着装上有些看不懂，有矛盾的地方。真是越看越糊涂，疑问越多。好奇怪的一幅壁画。"

"何以见得呀，张队。"李威一脸的困惑。

"你看，身着坎肩说明是已婚妇女，作为蒙古女性这很好理解。但你看，她头上戴的是吐蕃王朝的王冠，初步判断距今应该有八百年以上的历史。我在新疆考古研究所待了十几年，因为工作的关系，专门研究过吐蕃王朝的历史。初步的年代判断还是有些把握。难道说是吐蕃公主远嫁蒙古？还有她身旁的这位年轻的男性。从这画面来看，他们是主角。可女子头戴王冠，而男子却什么都没有，这也太奇怪了吧？还有，你应该比较熟悉蒙古的历史。佛教是在公元十三世纪以后，由忽必烈引入藏传佛教到蒙古的。吐蕃王朝是在公元六到八世纪的政权。这两者的年代也相差得有些遥远啊！给你们简单普及下吐蕃的历史。松赞干布统一了西藏的一些部落，建立了吐蕃王朝。他先后迎娶了尼泊尔的公主和我们大唐的文成公主。巧合的是，两位公主都是虔诚的佛教徒，带入了大量的佛文化，这深刻影响了松赞干布。在他的大力推进下，藏传佛教在吐蕃慢慢盛行起来，和本教（俗称黑教）相互影响和融合，直到第十一位也是最后一位赞普达玛在世俗集团的支持下，杀死自己的哥哥上了台。他们打着恢复本教的旗号，实质为了旧贵族的利益，下手打击僧侣集团。佛教在那一时期的吐蕃遭受重创。到公元十世纪左右，才在西藏地区形成了独特的、有地方特色的藏传佛教，就是喇嘛教。在这幅画里，佛教的文化充斥其间。我们需要搞清楚的是，画面给我们的信息代表的是哪个年代的佛文化，这对年代的确定有帮助。还不能确定的是，这个遗址就是这王妃本人的遗迹，还是建这个遗迹的主人为了纪念这位王妃而作的壁画？我们任务重大呀！"

"我的天啊！这一幅小小的壁画就让老师您看出这么多的门道，我只得深深地折服了。师父，请受我一拜！"李威调皮地双手抱拳，向着张队一拜，引得众人呵呵大笑。"说真的，有挑战才好呢，我还期待有更大的惊喜。让暴风雨来得更猛烈些，对吧，师父？"

"别贫嘴了，快去和乌日东把那些洞窟编编号，注意做好记录。"李威做了个鬼脸，拉着乌日东向最里面的洞窟走去。

张天亮站在那壁画前努力地思索着记忆中王冠的年代。这时，一名队员把他叫了过去。只见一个墙角边散落着一些铠甲的碎片、铁箭头和箭杆，陆陆续续有更多的遗物被发现了。难道这里曾发生过一场战争？

"张队，快过来。"李威兴奋中透着紧张。原来，他们在一个洞窟里发现了摆放整齐的一捆捆箭杆，墙上还挂有盾牌，有圆形的、方形的、半椭圆形的。房间的角落里，铁箭头也是一堆堆地摆放着，这应该是他们的一个军械库。而隔壁的洞窟里一堆堆的白骨仿佛是在述说着什么。

考古队里只有乌日东是第一次看见考古现场，见到这些累累白骨，他感到后背有些发凉。

"没事，我第一次看见这些还吐得一塌糊涂，你比我强多了。"李威拍拍他轻松地说道。

"大家继续做好自己手头的工作，多留点儿心，做仔细些。等差不多快完工后告诉我，我们开个会。"

他们十一人分成了三个小组。第一小组负责查找洞窟的成因、性质和结构。第二小组的主要任务是研究器械、器皿和一些文物等。第三小组的主要任务是挖掘。和在晚上的碰头会上，第一小组谈了他们的看法："这个依山而建的古建筑群建立的年代还有待考证，但可以初步判断曾经因一些动物的尸骨腐烂后，形成了沼气，日积月累发生了爆炸。乌日东那天听到的隆隆雷声其实就是沼气爆炸的声音。当然还要等到化验后才能得出最后的结论。山上的洞窟和建筑遗迹大多是土制结构，从土质来看，很像是土林地貌。"

张队也说了一些自己的看法："纵观整个建筑群，洞窟有一百零一个，建筑遗迹六处。损毁比较严重，从中还无法判断这里是否只是军事场所。古代蒙古部落一般是政教合一的，从现有的壁画里没有看见这样的场景，有点儿奇怪。壁画色彩鲜艳，是在颜料中掺杂了矿物元素，说明这里矿产丰富，发现的黄金面具也可以佐证。我比较疑惑的是，如果这里只是他们的军事场所，那居住地在哪里？会不会有更大的遗迹等待我们发掘？这些都需要考证。墙上壁画绘有汉人、丝绸茶叶等画面，从中可以判断早在他们生活的时期就和中原通商了，这应该是个富庶之国。乌日东发现的黄金面具已经确认是吐蕃王朝时期的物品，现在需要搞清楚的是面具是通商时候别人带过来的还是本土里的东西。从今天出土的铁箭头和盾牌这些文物看，和黄金面具的年代比较相近。我说说最让我疑惑的一些壁画上的疑点。第一，红衣女子身份成谜。从着装看，她是蒙古女性没错。但又头戴吐蕃王冠，这说明了什么？第二，她旁边的年轻男子也是个谜。无论是整幅画的表现还是他俩的表情，都可以看出他们是中心，是王者。但男子却没有头戴王冠，这使他们的身份更加的扑朔迷离。第三，壁画上对佛文化的表现很是虔诚。这在吐蕃时期是可以理解的,但在古代蒙古部落就有些说不通了。下一步大家多加思考,集思广益,看有没有其他的地方被我们遗漏和疏忽了。"

第二天,他们逐一对着洞窟开展了登记整理工作。一连十几天,出土的大多还是些兵器以及一些陶罐、陶钵之类的生活用品,并没有更大的收获。难道是之前的期望太高?队员们有些垂头丧气了。张队的心里也犯着嘀咕,以自己二十多年的考古经验和直觉看,这里并不简单。虽然只是出现了一个黄金面具,但从壁画人物里奢华的衣着和繁荣的通商场景来看,无不显示着几百年前的昌盛。但打开大门的钥匙在哪呢?

乌日东和李威搭伴着做些简单的整理、编号工作,虽然他是编外人员,但经过这十几天与考古队员们的朝夕相处,也学习了不少考古知识,正是热情高涨的时候。因为他相信这片神奇的土地肯定有过不平凡的经历,在整理登记时格外的认真仔细。当他们登记到 56 号洞窟时,乌日东在众多的兵器下面发现了一个纸质面具。细细观察,在纸质上面还糊了一层薄薄的泥土,虽然有些脱落,但面具还算是比较完整的。这种面具在寺庙里做祭祀活动时经常会看见,只是外表没有那泥层。古代也用这种面具做祭祀呀,他心里嘀咕着。当他翻到背面时,竟看见有隐隐约约的文字。他和李威那个激动啊。可是不认识啊,既不是蒙文也不是汉字。

"这好像是吐火罗文。"正当他们面面相觑,左顾右盼地不知所措时,张队不知道什么时候已经站在了身后,他接过乌日东递过来的面具,拿在手上仔细地看了看。"真的是吐火罗文,大意是说佛祖保佑他们打败什么军队。"

"那就说明这里是吐火罗国?"李威小心翼翼地询问道。

"哪有吐火罗国呀,这是一个语系。我十几年前在新疆考察时研究过这个语种,在这里发现还是第一次,你们跟我来。"

张队拿出他以前的笔记详细地说着，"吐火罗文是用一种发源于北印度的音节字母书写的，是个单一语言构成的印欧语系下的语种。作为一个已经消亡的古老语种，在公元后第一个千纪年的后半期（其中，已发现的由吐火罗文书写的文献集中于公元六—八世纪）流行于塔里木河流域。该语言已被证实的有两种方言：东部的吐火罗语 A，流行于吐鲁番盆地和孔雀河中下游；西部的吐火罗语 B，则在库车绿洲及其周边（和 A 有部分重叠）被广泛使用。吐火罗文的文献著作大多是以佛教为主题的，包括大量的《本生经》转写译本和新编本、佛法譬喻以及阐释佛教思想、教诲和戒律的著作。"

"那是不是说这里的遗迹就是新疆地区的人迁徙过来留下的呢？"

"只是有这种可能。证据呢？"看着张队询问的目光，李威挠挠头，拉着乌日东一溜烟地跑走了。

纸质面具的发现引起了小小的骚动，平静过后又恢复了往常。发现的洞窟已全部登记和考察完毕，再没有新的有价值的线索了，一时间，焦急和失望的情绪又在人们心头蔓延。乌日东平日只能打打下手，现在更是无所事事了。不知不觉间他走到了那天红衣女子消失的地方，怔怔地出了神。"嘿！"李威突然大叫一声，吓得沉思中的乌日东跳了起来。

"别动，真的别动。求你原地再跳下。"乌日东不明就里地又跳了起来。

"你站好，就一会儿，千万千万别动。"

看着李威撒腿就跑的背影，乌日东真是被搞糊涂了，但又不敢动弹。只见李威叫来了张队和其他队员，掏出随身带着的小锤子，敲了敲乌日东的脚下，对着张队得意地说道："师父，听到了吧？"

这些考古队员不仅有着出色的眼力，还有着灵敏的听力。

当李威的敲击声撞击着张领队的耳鼓时,他内心那个狂喜,就溢满了脸庞。他知道什么叫着得来全不费工夫。当大家小心翼翼地挖开地上的土层,方圆几公里的一座地下城堡便显露了出来。原来古城堡和其他的遗迹是从地面往下而建的,最先发现的那些依山建的很多洞窟应该是防御用的,而他们生活的地方是往地下去的,既防寒保暖又安全,不得不佩服古人的聪明和智慧。

"大家注意保护现场,赶紧按照原来的小组做好登记。"最先回过神来得张队,拍着手提醒着大家,众人这才从震惊中回过神来。

让我来描述下一这个地下古城的全貌吧。纵观整个遗址,是建立在土林地貌上。古堡三面陡峭,从最底端到最高处足有二百米。一条向上的道路直通顶端。在古堡的东部,是由大块大块的石头垒成的一堵高高的石墙。石墙上面就是刚开始发现的那座古战场。这应该是为防范外来的入侵而修建的。六个建筑遗迹只剩下残垣断壁,一百零一个洞窟虽被岁月侵蚀还算保存完整,层层的土墙又把这些包围在其中,易守难攻。往西去,在一面悬崖的下边,从地上挖掘开来的是成百个洞窟,点缀在星罗棋布的街道中,纵横交错。其中央一座宫殿被一人高的土墙环绕着,依稀可见昔日的辉煌。而山体的中间,排列着错落有致的窑洞,或大或小。最神奇的是,地下宫殿里竟然有三条暗道。其中一条通往山上的堡垒,在半山腰的地方又分支出一条暗道,直通另外一座山体的脚下。这应该是在紧急情况下的应急通道吧。其他两条暗道与山体中间的窑洞相连。洞窟间也是暗道密布,相互连通,四通八达。而众多的通道中间隔建有射击孔、通风孔,还有采光孔,防御功能很强。窑洞里的功能也是不尽相同。除居住地,有的壁面漆黑,还留有土灶土柜的遗迹,是生火做饭用的;有的藏有大量拳头大小的鹅卵石,可当武器使用;还有的作为储藏室,存有大量的厚达十几

米的苹果干、杏子干等食物。甚至还发现了大量的谷物和成桶成桶的美酒。当然出现更多的则是铁质盔甲片、铠甲片、马甲片,铁制的箭头,成捆的箭杆,多达几十吨。城堡中发现了大量绘有佛教内容的壁画和记录着普通市井的日常彩画,人物传神,色彩艳丽。还出土了汉代时期的织锦——绣有瑞兽的王侯织锦、青花瓷等。这一切都述说着这里曾经的辉煌,怎不叫人惊叹!

自八月底随队进驻遗址,已经大半年过去了,乌日东越发地不想离开。这个古迹的发现让他看见古代丝绸之路的繁盛,还有更多的东西等待考察队慢慢来挖掘。这不,现在就有个难题困扰着张队。在一个洞窟里,他们发现了一个镶嵌着珍珠宝石的黄金盒子。顶部是用白玉雕琢的雪莲装饰,精美绝伦。打开层层的包裹,里面是一沓厚厚的纸质文,保存完好,字迹还算是清晰。这个发现是迄今为止最为重要的东西了,也许,这就是揭秘古遗迹的钥匙。可张队寻遍了国内外的语言专家,竟没有人认得是什么文字,急得他都上火了。乌日东依稀记得曾看见阿爸拿过的一些纸上写着很奇怪的文字,和这个很像。当时还问了,阿爸支支吾吾赶紧收了起来,所以他印象深刻。因为不能肯定,他也就一直没有说。看见现在没有人认识,就和张队说了去试试。

他们找到正在给学生上课的阿爸。看见东西后,阿爸道出了一段往事——

刚进学校时他才二十岁,老校长一直很关心他,对他的帮助也很大。学校放学后,阿爸经常到老校长家的帐篷里和他交谈学习,也帮着干干活,就像是一家人。一天,校长把他叫了去,拿出一张写满文字的羊皮说:"孩子,你来学校工作虽然才一年多,但我暗中观察,你天资聪明又生性善良。不瞒你说,今天革委会的人来找我了。下面我要告诉你的这件事情不能透露给任何人,就算是有人找到你逼迫你也不能说,你愿意吗?"

看着老校长凝重的眼神，阿爸忐忑地点点头。"我家的祖先塔塔统阿是畏兀儿人，乃蛮部太阳汗的掌印管，太阳汗尊他为国傅。因为蒙古族没有文字，只靠结草刻木记事，非常不便，就命他造字。后来，成吉思汗打败了乃蛮部，他命塔塔统阿用畏兀儿文字母拼写蒙古语，教太子诸王学习，这就是所谓的'畏兀字书'，也称'回回字'。虽然忽必烈时曾让国师八思巴创制'蒙古新字'，但元朝退出中原后就基本上不用了，而'畏兀字书'经过十四世纪初的改革，更趋完善，一直沿用到今天。话说远了，我的先祖塔塔统阿就这样留在了成吉思汗的身边。那个时期，铁木真骁勇善战，我的祖先也见证了他的辉煌。后来因为各地纷争，战乱较多，记录的东西就很零乱，也很繁杂，后来他就改善了一种记录方法，先快速有效地记下来，在空闲的时候再用蒙文誊写好。只是这种文字只有我们家族子孙代代相传。祖先留下的东西里有些是他随手记录的珍贵资料，不能失传啊，如果失传就对不起祖宗。所以你能帮我保存好吗？这有很大的风险，你好好考虑再给我答复。"

阿爸没有犹豫就答应下来。后来，一帮红卫兵抄了老校长的家。校长天天被他们拉着去各地批斗游行，说校长是封建王宫里的糟粕，是压榨老百姓的吸血鬼。不久，校长就在悲愤交加中病死了。他唯一的儿子也在批斗中被打断了腿，成了残疾人，不久他就失踪了，没人知道他的消息。这也成了压在阿爸心头的一块石头。

说着，阿爸拿出了用绸缎包裹着的那张羊皮和一沓书信："就是这些了。本来老校长是想把我教会的，可惜……唉，他走得太突然了。我也不认识呀。"大家好不容易看见的一点儿希望之光又熄灭了。

"校长的儿子以后就没有一点儿消息？"张队显然是不死心。

"我也一直在打听，想把这些交还给他。零零散散地听外

出打工的人说过一些信息，但人至今都没有找到。"

"校长的儿子叫什么名字？"

"那木海加不苏。"

"我有办法了。"

张队急冲冲地带着乌日东赶到了旗区派出所，说明情况后请户籍民警帮着查找，一无所获。没有办法，在自治区公安民警的帮助下，他们查到一百多名叫那木海加不苏的人，最终大海捞针般地找到了他。

当阿爸站在那木海加不苏的面前时，只能感慨人生无常。当年的青春小伙现如今都已双鬓染霜，一声兄弟，两个人都潸然泪下，紧紧地拥抱在一起。"又见面了，又见面了，真好！"阿爸喃喃地说。

下面就是那木海加不苏的先祖塔塔统阿的儿子额尔德木图记录下来的有关萨日其其格王妃口述的一段惊心动魄、充满血和泪的尘封往事。

第三章　膝下承欢

辽阔的漠北草原上,因为金朝对其实行"分而治之"和屠杀掠夺的减丁政策,百余部落间互不统属,各自独立。1146 年,蒙古部首领俺巴汗被金熙宗以"惩治叛部法"的名义,钉死在木驴上。蒙古部落联盟组织了多次的反抗斗争,几代人为此付出了鲜血和生命。正是这种几代人的冤仇,导致了草原内外的长期征战。

在这个血雨腥风的年代,各自为政的时期还算太平,可后来各部落间年年征战,使那些在夹缝中求生存的小部落雪上加霜。就在这时,我们朵鲁班部落首领的儿子降生了,他就是我的父亲巴图。可谓生不逢时啊,在内忧外患里成长着的父亲,唯一学会的东西就是坚毅。巧合的是十年后的今天,巴达尔图和铁木真降生了。可能是冥冥之中自有天意,日后我们部落的兴衰存亡一直和他们息息相关。铁木真是乞颜部落孛儿只斤氏,巴达尔图是主儿乞人,属于我们草原的三大黄金家族。

相传，在草原的最初时期，有个蒙古王，他的妻子为他生了三个孩子，孛儿只斤氏就是他的大儿子的后代，主儿乞人是二儿子的后代，泰赤乌人是三儿子的后代。铁木真九岁那年，在他父亲也速该的带领下，去弘吉刺部落与孛儿帖定亲。回来的路上，其父也速该遭塔塔儿部落杀害。之后，泰赤乌首领塔里忽台因不满也速该生前的所作所为，在也速该死后对铁木真一家进行报复，命令部众们迁至他地。可怜的铁木真小小年纪就带领着家人，在艰难中求生存。后为了躲避泰赤乌部落的报复，铁木真在他父亲旧部的帮助下，逃到了不儿罕山区。乞颜部落也就此分散。父亲死了，部落没了，铁木真那年才九岁。在这段痛苦的历练下成长着的他，有位非常伟大的母亲诃额仑夫人。她带着四个还没有成年的孩子，在荒凉的不儿罕山上艰难度日。没有依靠不怕，他们相互依偎；没有吃的不怕，他们有自己的双手。她带着孩子们挖野菜草根、摘野果、下河捕鱼。艰难困苦没有打倒他们，做人的底线一直牢牢地被坚守着，那就是成为正直、善良、有担当、有作为的人，有朝一日复兴乞颜部落的辉煌。巴达尔图的遭遇和铁木真差不多，都是父亲早死并被其他部落追赶仇杀。在他们一家走投无路之时，投奔了在不儿罕山区的铁木真。正是这段惨痛的经历，为日后巴达尔图帮着铁木真统一蒙古、成就大业打下了基础。

我的父亲虽然出生在小小的朵鲁班部落，也是动荡不安，但至少还是在祖父的庇护下成长的。那个时期，草原上小的部落只能纷纷依靠较为强大的部落来保护。所以从我祖父那时起，我们朵鲁班部落就和札答兰部落结盟了。札答兰部落是那时期蒙古诸部里最有权势的贵族部落。札答兰部落的"古尔汗"札木合，是巴达尔图和铁木真幼年时的安答（结拜兄弟）。其家族是该部落的世袭统治者。生在这样家族的札木合从小就才能出众，有着远大的政治抱负和理想。巴达尔图和铁木真落难的时候，札木合接来他们的全家给予庇护。一年后，泰赤乌人扬言要将巴达尔图和铁木真赶尽杀绝。为了不连累札答兰部落,巴达尔图带着家人才逃到了不儿罕山区,与前期抵达的铁木真一家会合了。铁木真的母亲诃额仑夫人是他的亲姨妈。就这样,相同的命运将这两个少年紧紧地连在了一起,他们也结为了安答。此后,巴达尔图就一心跟随着铁木真。后来铁木真渐渐长大,羽翼还没有完全丰满时,他的新婚妻子孛儿帖又被蔑儿乞部落首领的儿子抢走。倔强的铁木真并没有被打倒。他暗中串联分散开来的乞颜部落的旧部,又联合兄弟巴达尔图和札答兰札木合以及他的义父克烈亦惕部脱里汗,向蔑儿乞部落发动了进攻。他不仅抢回妻子孛儿帖,更重要的是,使乞颜部落的力量又重新得到了凝聚。而我们朵鲁班,因为和札木合有盟约,在这过程中,我的父王带领着朵鲁班部落参与了乞颜部落的重建,这是我们朵鲁班部落最风调雨顺时期。那年的八月十五,我出生了。据父王说,我出生的那天夜晚,月亮特别圆,所以他叫我萨日其其格(月亮花)。

本来我的出生应该是件值得高兴的事,但母亲因为难产失血过多再也没有睁开眼睛。萨满教的巫师说我是个不祥之人,血染了圣洁的月亮,建议父王把我扔掉。我那善良的阿爸,因为对母亲的挚爱加上已经有了两个儿子的缘故,对我却是钟爱有加。那年大哥巴根十岁,二哥阿古达木四岁。虽然我们从小就没有了母亲,但父王的关爱却温暖着我们。他尽力在弥补我们失去母亲的缺憾,真是个伟大的父亲。

我从小爱撒娇,是在阿爸的膝盖上长大的,只要父王有空就会让奶妈把我抱过去。而我最喜欢的事就是坐在阿爸的腿上,摸着他的胡须,听他和手下的人安排部落里大大小小的事务。有时候我嫌烦了,一通捣乱后缠着父王带我出去骑骑马兜兜风。坐在父王的胸前,感受着温暖的怀抱,好惬意。每当这时,阿爸就会让我唱歌给他听,他说我的声音里有阿妈的味道。还有件趣事,阿爸说我开口的第一句话不是说出来的而是

唱出来的,我也不知道是不是有这么神奇。也有可能是天天听着奶妈的摇篮曲睡觉,耳濡目染的缘故。就这样,他为我们遮风挡雨,为我守护着一片蓝天。

记得在我四五岁的时候,有天半夜被惊醒,我悄悄地溜进阿爸的帐篷,钻进他怀里。醒来后,阿爸也没叫奶妈,亲自给我编好了辫子。"萨日,虽然你是女孩子,但要记住,你生在朵鲁班。我们的部落近看无忧,可那也是提刀跨马走过来的。所以我希望你学些本领,既可强身健体,又能自卫。走,我亲自教你。"从那以后,我和两个哥哥一样,每天都有老师教我骑马、射箭、学搏击。阿爸有空的时候就会过来看看我们,盯得还是很紧的。"萨日,来,你和阿古达木比试比试。"乒乒乓乓,我和二哥手拿木刀,一招一式地比画起来。突然一下,二哥的木刀划在我脸上。

"阿爸,你看二哥他以大欺小。"我撒着娇,向阿爸飞奔过去。

"哈哈,没事,我的小公主。有我在,看他敢。"阿爸的怜爱向来在我身上体现的淋漓尽致。

"不嘛,要是真刀我非破相不可,长大了我嫁给谁呀?!"我依然不依不饶。

"哈哈,谁说我的小公主要嫁人呀。没人娶你,就在宫中陪阿爸一辈子。"

"羞不羞,哪有女孩子整天想着嫁人的。"阿古达木瞪了我一眼,"阿爸也不管管她。"看见二哥那恶狠狠地目光,我刚要反驳,大哥说话了。

"妹妹是童言无忌,只怕真的长大要嫁人了,她就会羞得说不出口。"大哥巴根给我解围。

"阿爸,真是这样吗?女孩子长大了不嫁人怎么能和其他的部落结盟呢? 二哥真是笨死了。"

阿爸一把抱起我:"我的小萨日,小小年纪谁告诉你这些的？"

"奶妈经常说我要有女孩样，学好刺绣，长大了嫁个好人家。还有，结盟是你告诉我的呀。我听见你们老说这个部落女儿嫁过去和谁结盟了，那个也是谁和谁结盟了。阿爸有什么不对吗？"

"我的好女儿，这么小就知道替阿爸分忧了，但我不能让你受委屈。说起刺绣，你奶妈可是远近闻名的高手，有空可以学学。走，陪阿爸喝酒去。"那是怎样的快乐时光啊！我无忧无虑地在父王和两个哥哥的呵护下成长。

我每天按部就班地和两个哥哥跟着老师学习。在骑马、射箭、博击这三个项目中，我最喜欢射箭了。因为人小，阿爸给我配了套最小的弓和箭。老师让我射击的位置也比两个哥哥靠近些。这天，我射了十箭，箭无虚发。而二哥虽然臂力好，但还是跑偏了两箭。我觉得他是肌肉过紧，不太协调的缘故。说了他也不听，懒得理他了。因为过关了，老师说可以去玩。二哥用狠狠的眼神瞪着我，我就更得意了。渐渐地，我对射箭越来越有心得，总能百发百中。大哥二哥都比不过我，这可让我神气了，天天缠着阿爸带我去打猎。终于在我八岁那年，阿爸答应可以带我们去狩猎了。

第三章 膝下承欢

第四章　初次狩猎

　　狩猎活动在蒙古草原流传已久，它的起源、发展和萨满教密不可分。我们初次狩猎都要举行隆重的仪式。萨满巫师在大型的狩猎仪式中还会担当重要的角色。因为我们是家庭式狩猎，人员也不多，所以也就简单地举行了仪式。狩猎一般是在拂晓前出发，阿爸就在蒙古包前点燃了白蒿、松枝，对着猎具、猎狗一一净化，接着向长生天献上奶茶、奶酒，我们一起跪下祈祷：

> 至高无上的长生天，
> 辽阔金色的大地，
> 富饶慷慨的杭盖山。
> 在您那宽广的南麓，
> 在您那广漠的北脚，
> 栖居着公鹿、母鹿、紫貂、猞猁，
> 养育着灰狼、山豹、松鼠和黄羊。
> 把所有这福分赐给我吧，
> 呼来！呼来！呼来！

我们唱完后，阿爸把我拽上他的马背，按顺时针方向绕着我们的蒙古包绕了三圈，这才向着草原的深处进发。

> 连绵不断在眼前，
> 乌和日图和灰腾两座山，
> 可怜幼稚的弟弟啊，
> 谁知竟会遭此磨难。

我唱着和奶妈学会的我们蒙古草原最古老的歌曲。
"萨日，《牧歌》虽然好听但太悲情了，再唱个别的吧。"

> 青青的草地上，
> 飞跑着那白羊。
> 羊群像珍珠，
> 撒在羽毛上。
> 无边的草原是我的家乡，
> 白云和蓝天是我们的风筝，
> 朝阳迎接我自由地歌唱，
> 生活是这么自由欢畅。

我又情不自禁地唱了起来。"小灰兔，是我的。"嗖的一声，兔子应声倒地。

"阿爸，我的第一个战利品。明天犒劳犒劳有功的人。"猎狗跑过去叼起了小兔子。

阿爸拿起了兔子："我的小百灵鸟，那你说都应该犒劳谁呀？"

"嗯，阿爸你是首领，应该你说。"

"小鬼精灵。好，明天把我的小萨日肚子喂饱，让她快快长大。"

"遵命,父王。"

"父王,快看一头鹿。"大哥眼尖,远处的草丛里若隐若现有个影子。

"巴根,你从左边绕过去,阿古达木,你走右边。我们缩小包围圈,等我口令。"圈子越缩越小。

"放箭。"阿爸一声令下,我和两个哥哥一起射出了手中的箭。

"巴根哥哥,我怎么就没有看见小鹿呢?而且我的箭都找不到了。"看着躺在地上的小鹿,身中两箭,奄奄一息,我还是有点儿不太敢看。

"巴根,快去把小鹿拿起来。"

阿爸下了马,也把我抱了下来。"来,大家都围过来。以后尽量不要射鹿,明白吗?"

"为什么,阿爸?它很可怜是吗?"看着那小鹿我还是有点儿心悸的。

"因为狼和鹿都是我们的图腾动物,现在我们要对它的灵魂进行安抚。"只见阿爸把鹿恭恭敬敬地放在高处,带着我们向它磕了三个头,"神圣的阿尔泰杭盖山啊,慷慨的大地,你赐予我们的猎物,不知是牦牛还是蒙古牛——"

"阿爸,你好奇怪,这明明就是小鹿。"听着阿爸的话,我一头雾水。

"萨日,这是我们的古老习俗,是要让它的灵魂安息。现在我们扎营,给你们讲讲。"

"好,我也要帮忙。"

"那去捡些柴火来,不要跑远,就在附近。"

"嗯。"我一蹦一跳地捡来好些枯树枝。

等我们点好火堆,扎好营帐,阿爸拿出了我们自带的食物,边吃边讲着故事:"很早很早以前,天就要形成,地将要生长,万物就要繁殖的时候,一场洪水淹没了宇宙中的一切。洪水过后,不知过了多少年。神女麦德尔骑着白色的神马观察这大千世界。她看见蓝色的天水中露出了一座须弥宝山的山尖。在这山顶的旁边有些山洞,住着一些人。这些人身高不足半尺,马也只有兔子那么大。早晨出生的孩子,晚上就能在须弥山中来回地奔跑了。神女麦德尔骑上白驹奔驰在蓝色的水面上,神马的四蹄踏着水面,放射出耀眼的火星。而这些火星使尘土燃烧变成了灰,散落在水面上。随着灰越积越厚,就变成了广阔无垠的大地。大地压着水面慢慢下沉,天和地就分开了。只是大地在水面上漂浮着,很不稳定。于是,神女麦德尔叫来了一只海龟,让它用龟背把大地背了起来。有时候,神龟太累了就会伸伸腿,这时就是地动了。麦德尔女神的马蹄燃起的大火烧得蓝水不停地蒸发,形成了云彩;踏水溅起的火星飞到天空中,变成了夜晚的星星。她怜惜须弥山中那些矮小的人们,派了两位神男和神女来给他们照明。神男就是太阳,神女变成了月亮。它们每天按照麦德尔指定的路线,绕须弥山一圈。神男转到山后就变成了黑夜,这时就由神女出来负责照明。等到神女转到了山后,这里又由神男来照明了,便成了白天,就这样地循环着。这就是麦德尔娘娘开天辟地的故事。"

"阿爸,那我是神女变的吗?"在阿爸的故事里,我就是月亮神女,给大家送来光明的。

"哈哈,因为你叫萨日?你是我的宝贝呀。巴根,到你讲了。"

"好的。"

"在古老的草原,住着一个叫'灰腾'的女人。一天,她进入了猛兽出没的夏赛义日山中,正当她恐惧着走入绝境而徘徊时,一只绿色的猛兽悄悄地出现在她的附近。她见了大吃一惊,昏了过去。这只野兽十分怜惜眼前的女人,给她送来了食物,还亲切地照顾她。后来,他们相爱了,生了一只小熊,人们叫它'天狗'。"

"巴根哥哥,这个'灰腾'就是我《牧歌》里唱的那个人吗?"

萨日也被这些故事吸引着,显得是那样的安静和聚精会神。

"是的,也是个古老的传说。"

"阿古达木,你接着讲。"阿爸低沉的声音被周围的静谧,渲染的更加安详。

"我的故事讲的是贝加尔湖的忽里土默特的传说。相传,忽里土默特还是个没有成家的单身青年。一天,他在贝加尔湖畔游玩,见到了从东方飞过来的九只天鹅。它们悄然飘落后,脱下了白色的羽毛,立刻变成了九位仙女。她们嬉闹着跳入湖水里沐浴。忽里土默特实在是忍不住诱惑,就偷偷地拿走了其中一位天鹅的羽衣。浴毕,那八只天鹅穿起羽衣飞走了,只有一个没有了羽衣的仙女,留了下来,做了忽里土默特的妻子。当他们生下第十一个孩子后,妻子思乡心切,求夫还回羽衣。忽里土默特当然不愿意,没有给她。一天,妻子做着针线活,忽里土默特正在做饭。妻子求他:'请让我试试那羽衣吧,只想穿上看看。如果我想逃跑,也要由包门进出呀,你可以在那儿抓住我的。'

忽里土默特心想,她就是穿上又能怎样呢?于是,就从箱子里拿出了洁白的羽衣,递给了妻子。妻子穿上羽衣后,立刻变为了天鹅。她振翅飞了起来。就在她要穿过开着的天窗向天空飞去的那一刻,忽里土默特知道留不住她了,就对她喊道:'你要给我们的十一个孩子起好名字再离开。''呼布德、嘎拉珠德、霍瓦柴、哈拉宾、巴图奶、霍岱、呼希德、查干、沙来、包登古德、哈尔嘎啦。他们会成为十一位父亲留在大地上。愿你们世世代代安享福分,幸福美好。'"

"阿古达木,很不错啊。到萨日了,我的小公主,你准备了什么故事?"阿爸转过头来看着我。

"我要是能变成会飞的天鹅就好了。"我垂着头,有些惋惜,"阿爸,奶妈教会我一个关于萨满教的故事。世界开初,人类没有疾病也没有生死,很是幸福。可过了不久,恶魔向人间洒下疾病和死亡，人们开始受苦了。这时，众神就派鹰从天上来到人间相助。但是，这些鹰降落人间后，人们和它的语言不通，并不知道它们来到人间是想帮助他们的。不得已，这些神鹰又飞回了天上。于是，众神便命令鹰说：'到地上以后，向第一个遇到你的人传授萨满的本领。'这样，鹰又返回了人间。它第一眼就看见在一棵树下睡着的一个女人。鹰便使这个女人怀了身孕。到足月时，她产下一个男婴，他就是人间最早的萨满。"

"萨日说了男萨满。那我再说个女萨满的来历吧。"大哥巴根接着说，"在天初开的时候，大地像一包冰块。善神阿布卡赫赫让一只母鹰从太阳那里把光与火带到人间。从此，大地冰雪消融了，人类和生灵可以繁衍生息。可是，母鹰飞得太久，它累了。这时，母鹰翅膀里的火种掉了下来，将森林、石头都烧着了。神鹰赶忙用巨翅扑火，用巨爪抓土盖火。可大火烧毁了它的翅膀，它便掉入大海死去。鹰魂变成了最早的女萨满。"

阿爸又给火堆添了些柴火，那星星点点的火星在夜空里飘舞着，很是好看。

"真不错，看来大家都准备得挺充分的。你们要知道，讲故事也是我们狩猎活动的一部分。所以让你们提前准备了。一个完整的狩猎活动，还要有猎物的分享和狩猎后的庆典。"

"那我今天说赏给别人我的兔子是对的了？"

"当然对了，小萨日。但是分享猎物也是有讲究的。猎物一般分为十份：直接狩到猎的人拿第一份：朱勒特（指动物的头、喉、心、肺部）；第二到达的人拿腱骨部分；第三、第四拿大腿部分；第五、第六拿前腿；第七得胸部；第八得脊背；第九、第十得肋骨。如果是大型围猎，王公贵族拿大份，平民百姓得小份。"

"阿爸，这不公平。如果是平民打到的猎物也不能拿大份啊？"

"孩子啊，这世上没有绝对公平的事情，等你长大就明白了。我们明天回去举行收猎仪式。"

第五章　两小无猜

第二天，阿爸把我扶上马，带着大大小小的"战利品"回到了家，在家门口把猎物摆放好。奶妈拿来了奶茶和酒，我们跪下向着高山的方向磕三个头。围猎正式结束了。

"这次围猎，你们都学到了什么？"阿爸一落座，就向我招了招手。那我当然是毫不客气地依偎在阿爸的怀里。

"阿爸，我的臂力不够，以后还要多练习。"大哥巴根最先开口。

"阿古达木？"

"我在围猎的时候勇气可嘉，但智慧不足。如果不是阿爸让我们慢慢围过去，我可能就惊跑了小鹿。"看着二哥那憨厚的模样我就想笑。

"阿爸，到我说了。我在平地里的射箭技术比两个哥哥都好，可是在马背上怎么就不行了呢？"我一边摇着阿爸的手一边很委屈地说着。

"那是因为在马背上是运动的状态，是骑射。

在马背上人的重心是不稳的，就要用拇指和食指的根部（鱼际）夹住箭，使其稳定。拉弓的时候由大拇指拉弦。你平时都在草地上静射，可以用食指和中指控制住箭。以后慢慢学会骑射，等长大些了再学远射。"

"原来是这样的呀，明白了，父王。"我站起来躬身给阿爸行了个礼。我的举动逗得阿爸直笑，他轻轻地刮了一下我的小鼻子。

"今天很开心，你们进步都很大，以后还要多练习。巴根，我给你选了一门亲事，这几天我会嘱咐他们好好准备一下，过两天你和我去下聘礼。"

"哥哥要结婚了，你怎么不羞羞羞？"巴根的脸真被我说得羞红了。

转眼就到了我的生日。从小到大，阿爸是从不给我过生日，就连两个哥哥的生日也不给过了。奶妈告诉我那是他在心里思念着阿妈。每想到这儿，我也是很难过的。就会学着奶妈，对着月亮祈祷让阿爸高兴起来。就算这样，阿爸每到那天还是会送我们礼物。今年他送了一匹青合马驹给我，从二哥阿古达木看马的眼神，我就知道那是匹宝马。所以，我现在最开心的事就是骑上青合在草原上兜一圈。开心的时候就让阿古达木骑骑，不开心的时候才不让他靠近呢。那几天阿爸带着大哥巴根去了弘吉剌部相亲，我百无聊赖，跟着老师做好了练习，骑上青合马去草原里玩耍了。

"蓝蓝的天唻，白白的云，我和阿爸来牧羊。牛羊肥唻马儿壮，幸福的生活像蜜糖。"

"你是放牧的？"我躺在草地上悠然地晒着太阳，突然一张陌生的脸出现在眼前。

"你才是放牧的呢。你是谁？怎么跑到我家的领地来？"我这才看清，面前的男孩大约十一二岁的模样。他头戴毡帽，身穿叉口的用金银丝线绣着的蒙古长袍，蓝色的腰带上镶有宝石，

脚蹬尖尖上翘的牛皮皮靴,正忽闪着一双大眼睛看着我。

"你唱得真好听,我怎么没有听过?"

"我随口唱的歌,你当然没有听过。你还没有回答我呢。"我一边拨弄着小草一边扭头看着他。

"我叫塔林巴特尔,是跟随父王来朵鲁班做客的。"他笑得阳光灿烂。

"哦,是札答兰的塔林巴特尔?"

"是的,你知道我?"他的语气里透着开心。

"听哥哥说起过你。我长得漂亮吗?"塔林巴特尔赶紧点点头。

"那好,我们就定亲吧,长大了你来娶我。这样我们两个部落就可以结盟了。这件事就这么定了。"我学着阿爸的口气。

"我们本来就是结盟的部落呀!"塔林巴特尔皱着眉,似有疑问。

"那就是说你不能娶我了?"

"不是呀。"在我咄咄逼人的目光下,他有些手足无措了。

我哪管这些,一跺脚:"真要命,绕来绕去你到底娶不娶呀?不对,我父王不在家,你怎么和你父亲来做客?说谎不是好孩子。"

"我没有说谎,他已经回来了,不相信你自己去看。"他话还没有说完,我已经骑上青合一溜烟地跑远了,剩下他呆呆地看着我远去的背影。

"阿爸!"我箭一样地扑在他的怀里。

"你看这孩子,越来越没规矩了。快来拜见札答兰的札木合首领。"行过见面礼,我赶紧退了出来。

"奶妈,奶妈,快教我做嗒塔戈玛拉。"我飞快地往我的蒙古包跑去。

"小萨日想学了?"

"嗯,今天看见塔林巴特尔衣服上的刺绣好漂亮,你要教我。"

"哦,你看见他了?"奶妈头都没抬,处变不惊地说。

"是呀,我还和他定亲了呢,过几天让他把聘礼送过来。"我一本正经地说着。

"是嘛,说说看怎么提的亲?"我一五一十地和奶妈说了。

"那你为什么想嫁给他?"奶妈这才停下手中的活儿看着我。

"因为他的衣服漂亮呀。其实我知道我们的部落是结过盟的。"

"哈哈,傻孩子,哪有女孩子自己提亲的,以后可不能乱说了。等你长大了,你阿爸会把你许配给好人家的。但你要知道,我们草原的姑娘从小就在母亲的教导下学习刺绣,而且会伴随一生。以后你要嫁人了不会刺绣怎么行?唉,要是你阿妈在世就好了。"奶妈说着说着就流泪了。

"我是不是不祥之人?是我害死了阿妈。"看着奶妈伤心,我不由自主得说出了心底的疑惑。

"可不能这样说,你的阿妈很爱你。她让我和你阿爸要好好地照顾你,你是阿爸的掌上明珠啊。"奶妈紧紧地抱着我。

年少不更事的我哪里知道,那时的草原到处是危机,百余个小部落都在这风雨飘摇中挣扎着。铁木真在他十九岁那年联合他父亲的安答脱里汗和札答兰札木合,打败了蔑儿乞部,夺回被他们抢走的妻子孛儿帖,势力日益强大。后来,他们移营克鲁伦河附近,独立建帐,广结盟友,宽厚待人,吸引了众多的蒙古部落和乞颜氏的贵族,实力慢慢地壮大起来,渐成气候。这期间,草原诸部间兼并的兼并,结盟的结盟,经过四年的你争我夺,逐步形成了铁木真领导的乞颜部落、脱里汗的克烈亦惕部落和札木合的札答兰部落三足鼎立的局面。这三股力量互相牵制,也就形成了短暂的平衡。铁木真任人唯贤,励精图治,投靠他的人越来越多,他逐渐取得了蒙古部的统治地位。在乞颜部

落贵族会议上，他被推举为蒙古乞颜部落的可汗。至此，铁木真的乞颜部落又重新成为草原上最重要的部落之一。巴达尔图在这过程中自始至终和铁木真站在一起，立下汗马功劳。后来他们分析，以乞颜部的现有实力，还没办法对抗克烈亦惕部落和札答兰部落的共同抗衡。以他们对札木合的了解，封可汗这事未必能使他心服口服。于是派了两个送信人，把封汗的事情写明，一个送去了克烈亦惕部。铁木真的义父脱里汗很高兴："铁木真被推举为可汗真是大喜临门。蒙古没汗怎么行？达成的协议不能废除，就像衣服的领子不能撕掉一样。来来来，大宴三天同喜。"而另一人去了札答兰部落。札木合只是默默地看了一眼，什么也没有说。这更加印证了他们的猜测。所以，巴达尔图建议铁木真采取联合克烈亦惕部落，制衡札答兰部落的策略。这一招还真牵制了札木合。札木合因为忌惮脱里汗，虽对铁木真不满，但也没有发泄出来。但他也是心有不甘，认为可汗只因为是黄金家族的血统而受到别人的青睐，自己出身于外姓的遗腹子（他的先祖出生于蒙古王抢来的外姓女子）而不被重视。所以他频繁地在和各联盟的部落间走动，同时拉拢了同是黄金家族的泰赤乌部落和塔塔儿部落，在暗中积蓄力量，想着有一天能一招制胜。这就有了我和塔林巴特尔的第一次见面。

从那以后，阿爸每天很都忙，我很少有机会见到他。每天练习完所有的功课后，无聊的我就和奶妈学刺绣。让我高兴的是，我们和札答兰的走动频繁了，阿爸带着我和哥哥去过两次札答兰部落，塔林巴特尔和他的弟弟阿尔斯楞也会来做客。

可能是塔林巴特尔比较仁厚些，我喜欢和他在一起。每次见面我们就骑上马，箭一样地跑向草原。

"哥哥，等等我。"阿尔斯楞气喘吁吁地跟过来。他比较胖，没有我们灵活，但力气很大。我们经常嘲笑他，也不太愿意带他玩。只有我大哥巴根，每当这时，都会停下来等着他。

这天,我和塔林巴特尔看见一只黄鼠狼,当我们赶过去正要拉弓射击的时候,阿尔斯楞突然蹿了出来,黄鼠狼就这样吓跑了。我一生气就大哭起来。

"你干吗欺负我妹妹?"阿古达木最先跑了过来。

"我没有。"他一脸的委屈。

"那她怎么哭了?"阿古达木不依不饶。

"阿尔斯楞赶跑了我们的黄鼠狼,我都要射中它了。"我向二哥告着状。

"就是你的不对,赶快道歉。"二哥指着阿尔斯楞。

阿尔斯楞气愤地瞪着我的二哥。

"还不服?来比试比试。"话音没落,阿尔斯楞一个健步就和我二哥打了起来。

二哥阿古达木没有防备,就这样被胖胖的阿尔斯楞一冲击,差点儿滑倒。

"你要赖,我二哥还没有准备好。"

这时的阿尔斯楞哪顾得上这些,愤怒得像头公牛。他们互相抓住手臂扭在了一起。阿尔斯楞一直在寻找机会踢阿古达木的腿,但我二哥左右灵活地避让着,让他无机可乘。两个人都涨红了脸在僵持着。

"二哥,加油!摔倒他,往右边。"我突然叫了一声。阿尔斯楞一愣神,阿古达木趁机把他绊倒了。

"哦,他肩膀落地了,我二哥胜。"我高兴地拍着手笑着。

"你们要赖。"阿尔斯楞气得一骨碌爬起来跑了。

"萨日,别闹了,我们走吧。"大哥巴根对我使着眼色。

经过这事后,阿尔斯楞更是和我们格格不入,只要看见我就远远地避开,还带着不屑的神情。塔林巴特尔倒是和我们越走越近,我的两个哥哥也都喜欢他。在我心里,他也像是个大哥哥一样亲切,虽然只比我大三岁,但他早熟、沉稳、善良、正直。而且那时开始我一直觉得长大了要嫁给他,他就是我的家人,

所以很喜欢黏着他,有时也会想着法子捉弄他,他也不生气。

日子就这样一天天地过去,操心忙碌的阿爸整整瘦了一圈。这天,他把我们兄妹三人叫进了蒙古包:"过几天就要举办那达慕大会了。借这个机会,巴根去弘吉剌部迎娶你们的嫂子托娅。托娅嫁过来就和我们是一家人,你们都要好好待她。特别是萨日,不能使性子欺负你嫂子,不然我可不答应。"

"遵命,父王。你应该教训大哥才是,又不是我娶嫂子。"

"哈哈,这段时间忙得没有顾上你,又调皮了不是?"阿爸满眼都是爱意,把我拉到他的跟前坐下。

"阿爸,妹妹古怪精灵最会捉弄人,是要敲打敲打她。"

"哦,说来我听听。"阿爸心情大好。

"阿爸,他瞎说呢。阿古达木,看在你平时肯帮我的份上就不和你计较了。"我猛地一下站了起来,满脸狡黠地看着他们:"等过几天我要给你们惊喜。如果谁不听话,可就别怪我了。"

"哈哈哈哈,我的小萨日也会要挟人了,那我们就等着你的惊喜吧。巴根要成亲了,小萨日也快长成大姑娘了,时间过得真快。"那是我看见父亲最开心的一天,我们的蒙古包里充满了父王爽朗的笑声。

第六章 十三翼之战

那达慕是我们草原上最隆重的节日了，大会在每年的七、八月举行。届时，各部落的首领会聚在一起，以示团结和友谊。这期间还会举办骑马、射箭、摔跤比赛，获胜的选手会得到部落首领的奖赏，特别杰出的还会获得封号，比如"大力士""箭筒士"等等。大会期间，还会举行大规模的祭祀活动，由萨满教的通古斯（巫师）引领大家祭祀长生天，以祈求神灵保佑，来年风调雨顺、喜获丰收，很是热闹。我大哥巴根的婚礼就在这时举行。

婚礼的前一天，大哥就带着一群迎亲的队伍到弘吉剌部，他们在嫂子托娅家住上一晚，第二天天一亮迎亲的、送亲的人们一起回来。到了我们的蒙古包前，骑着马绕三圈，长辈们则唱着迎亲歌，以示接纳。大哥巴根手牵大嫂，同时跨过两个火堆，代表着他们爱情的纯洁、新生活的美好，然后进入敖包。我最喜欢看大哥掀起大嫂红盖头时，大嫂那娇羞漂亮的模样。接下来祭灶，给长辈轮番敬

酒后,梳头额吉给嫂子托娅梳了头。而这时送亲的和参加婚礼的客人们在蒙古包前围坐在一起,享用整排整排的"羊背子"、一桶桶的马奶酒,人们载歌载舞,直到天明……

我被空气中飘着的酒香熏得晕乎乎了,一直乱窜着找塔林巴特尔。到处都乱哄哄,突然看见黑暗的远处像是阿爸的身影,坐在地上,一个人默默地喝着酒。

"阿爸,你怎么哭了?"我给阿爸抹掉眼泪。

"萨日,我这是高兴。好孩子,塔林巴特尔来找你了。"阿爸指着远处一个身影。我看见塔林巴特尔向我们这边走来,赶紧掏出早就准备好的褡裢。

"阿爸,我给你的惊喜。这是我绣的,你可要带好了。"

"好漂亮呀!阿爸喜欢。我的小萨日长大了,快去玩吧。"

我飞快地跑向塔林巴特尔。

"我到处找你呢,你在这儿呀。"

"我也一直在找你,快过来。"我把他拉到没有人的地方,掏出了绣好的蓝色鼻烟壶褡裢,"喜欢吗?我给你绣的。"

"你怎么知道我喜欢乌力吉(吉祥)?"塔林巴特尔透着惊喜地问。

"不知道呀,因为我最喜欢乌力吉,就给你绣了这个。我给阿爸和哥哥绣的是云纹图案的。"

"我会一直带着的。谢谢你,萨日。"

"我好喜欢看掀盖头,嫂子好漂亮啊。等你长大了,也要给我掀盖头。"

塔林巴特尔在我脸上亲了一口就跑开了。我傻傻地站在那里,头更晕了。

整整三天的闹腾,让我这个精力充沛的疯丫头都精疲力竭了,这天美美地睡了一觉。

"萨日,快起床,太阳都三竿高了。"奶妈接着说,"要去见见你托娅嫂子了。注意礼节,给嫂子留下好印象。"

我躺在床上不愿起来："奶妈，大哥结婚是高兴的事吧？"

"当然了，看你阿爸多开心。"奶妈拿起我的袍子给我套上。

"那他为什么还哭呢？"我告诉了奶妈那天看见阿爸在流泪。

"哎，那是他在思念你阿妈。我们萨日快快长大，等你长大就明白你阿爸的心情了。"奶妈停止了动作，若有所思。

"看见阿爸不开心，我就提前把褡裢送给他了。"我努力从被套着的衣袍里挣脱出来，揉揉还惺忪的眼睛。

"给阿爸的是哪个呀？"

"棕色云纹图案的那个。"

"蓝色乌力吉是不是送塔林巴特尔了？"奶妈一脸笑意地看着我。

"奶妈真神，你怎么知道的？"

"我们的小萨日有心上人了。"听了奶妈的话，我还是第一次羞红了脸。

快乐的日子总是在飞快地溜走，阿爸忙得又不见了踪影。这次他让大哥巴根一直跟在身边帮忙管理着部落的事情，嫂子就有了很多的空闲时间。我的托娅嫂子长得漂亮，贤惠又善良，对我也很好。在阿爸外出的日子里，她一直陪着我，逗我开心。有事没事我也爱往她那儿跑，做做刺绣，还不算太无聊。

这天，我刚跨进蒙古包就看见大哥也在家。"大哥回来了。阿爸呢？"

"他也回来了。萨日，过段时间我们就要打仗了，你要让阿爸多休息休息，不能太打扰他，他太累了。"看见大哥少有的严肃神情，我赶紧点了点头。

大战前的寂静总会让人心生不安。本来热闹的草原到处是默默忙碌着的人们，我也跟着安静了下来。

　　原来，塔林巴特尔的叔叔给察儿的牧场与巴达尔图远房叔叔术赤答儿马刺的牧场相邻。两个人性格都急躁好斗，时常有摩擦，时间久了难免会心生怨恨。有天夜里，给察儿带着随从偷偷潜入了赤答儿的牧场，盗走了他那里十三匹最好的宝马。说来也巧，被赤答儿起夜发现了。那还了得，这些马是整个乞颜部落里的宝马，就是丢一匹他也赔不起啊，更别说是十三匹宝马了。他叫醒了其他的族人，自己循着马群的痕迹，追到了给察儿牧场。等他悄悄地靠近敖包，看见给察儿正扬扬得意地在那里炫耀呢，身边正是自己丢的那十三匹宝马。他怒从心来，拔箭怒射。赤答儿可是箭筒士、神射手，一箭穿心射倒了给察儿。其他人吓得一哄而散，他就这样又把自己的马给抢回去了。正是赤答儿的这一箭拉开了草原蓄谋已久的大战。

　　因此，札木合以巴达尔图的叔叔射死了自己的亲弟弟为借口，利用蒙古各旧贵族对铁木真崛起的害怕，联合了泰赤乌部、塔塔儿部、那也刺、巴阿邻、合塔金部和我们朵鲁班等共十三部三万人准备攻打乞颜部。札木合手下亦乞列思人因为记恨他的暴行，正准备投奔乞颜人，得到情报后快马加鞭赶到了克鲁伦河报信。

　　巴达尔图也吃了一惊，没想到札木合这么快就和自己动手了。如果不是得到情报，后果不堪设想。他马上禀报了铁木真，又一面仓促地在自己的族人和母亲娜布其夫人的弘吉刺部的帮助下也集合了五部一万人，汇入了铁木真部众。铁木真这时才冷静下来。他非常清楚札木合部众的作战能力和他的指挥才能，如果就这样贸然迎战，自己这拼凑起来的部众很可能是全军覆没。他找来弟弟哈撒儿和母亲以及巴达尔图。

　　"哈撒儿，你还记得我们去年打猎时经过的那个峡谷吗？"

　　"记得，怎么了？"

　　"我想这一仗不好打。如果我们在那个峡谷迎上去和他们作战，可以最小限度地降低我们的损失。"

"大哥，你说怎么做？"

"你和母亲带人从中路迎战。记住切不可恋战，听我的撤退信号。我们以防守为主。"

"你是说不打完就退回去？"哈撒尔似乎明白了大哥为什么不敢让别人打中路了。

"是的，你和母亲一定要带队回到山谷里。没有我的命令谁也不准出去。我和各个长老也会交代清楚的。快去准备吧，你们一定要小心。中路肯定是札木合重点布防的地方。"

"明白了。"

"巴达尔图，你带一万部众从左路骚扰札木合。记住不可恋战，且战且退。"

"明白。"

他们从克鲁伦河岸出发，双方在答阑巴勒相遇了。草原上的两只"雄鹰"就这样厮杀了起来。看着对面阵前武装整齐、训练有素的札木合部众，巴达尔图思绪万千：札木合呀札木合，你我曾经亲如兄弟，可如今却要拼个你死我活。札木合也是深邃地望着巴达尔图：安答呀安答，你千不该万不该帮着他铁木真当这个可汗，我怎么能让父辈的江山就这样拱手相让？

哪容他们多想，双方的战鼓已经敲响。札木合把他的联队分成了三队，札答兰部落做主线迎战，泰赤乌部落和塔塔儿部落从左侧包抄，兀鲁兀惕与忙忽惕二部则从右侧出击。我父王带领着哥哥和部落的队伍跟随札木合这一路。铁木真的母亲诃额仑夫人和哈撒尔从中路出击，他自己带队迎战最能打的兀鲁兀惕与忙忽惕二部，其余的翼军都是乞颜部落的贵族自己带领着。铁木真之所以把战场选在答兰巴勒主惕而不是克鲁伦，是因为答兰巴勒主惕是沼泽地形，骑兵冲击起来不方便。而且哲列谷就在前方，离这里也不远。这条峡谷在深山里，山势险峻，不好攀登，只有一条狭窄的出口通往外面，易守难攻。铁木真知道他遇到的是最强的军队和最值得尊重的统帅，

这仗很难打。这可是他作为可汗的第一仗,因此绝不容有失。但他更明白以后还有许许多多的大战等着自己,一定要倍加小心。以他的分析,札木合作战英勇,特别是他手下的兀鲁兀惕与忙忽惕二部,实力强大,不容小觑。万一乞颜部落作战失利,可以退避峡谷。以他对札木合的了解,性格急躁的札木合打不了持久战,那样就可以以最小的代价来化险为夷。

战争还真如铁木真所预料的形势发展着。双方摆好阵势,都以三万人来迎战。扎木合带着儿子塔林巴特尔领一路人马镇守中路,以迅雷不及掩耳之势突进。札木合本来就英勇善战,就是在努力保护着儿子塔林巴特尔的情况下,对诃额仑夫人和她的二儿子哈撒尔率领的中路军冲击也是很大,一下就把铁木真布的阵冲散了。而塔林巴特尔虽然是第一次作战,但在勇猛的札木合的带领下,也是勇敢顽强地随父亲拼杀。这时,兀鲁兀惕与忙忽惕这路从右切断了铁木真部,使他们往中间合围的计划落空。加上左边的泰赤乌部势头凶猛,巴达尔图也在奋力阻挡着。眼看就要形成了反包之势,六万蒙古骑士在答兰巴勒主惕形成了混战局面。如果被札木合反包,那逃都逃不掉了。铁木真知道大势已去,他下令撤退,退守哲列谷口。这时就体现了铁木真选址的正确性了。沼泽地对骑兵限制很大,马跑不快。铁木真布的阵就是以防守为主的,之前他们已经在谷口挖好陷阱,布好阵势。其他的人马全部上山后,铁木真命令大家从容地等待着。等到札木合带着大部队趟过沼泽,面对的就是乞颜部的严阵以待了。

马背上的民族一般都急躁,善攻不善守。札木合的大部队到了阵前,攻也攻不进去,但也靠近不得,一往前就会受万箭攻击。打先头的塔塔儿部损失不小。但无论他们怎么叫阵,铁木真他们就是不下山,形成了隔山对骂的奇观。第一天从早上骂到太阳落山也没有结果。无论你怎么挑衅,乞颜部人就是按兵不动。札木合一看也不行呀。第二天升帐后,他问道:"谁敢上前迎战？"

这时，泰赤乌部落首领塔里忽台站了起来："我们本来就和乞颜部不合，如果我们出去说不定能引他们出动，那时，就可以一举歼灭之。"

"好！你选一队人马，听我的鼓声进攻。"札木合指挥部众做好战前准备。

战鼓擂响后，泰赤乌人勇猛地往上攻。可是山势太险，登不上去。而且巴达尔图的人马居高临下，层层设防，不用费力就打得他们人仰马翻。札木合一看，他们快撑不住了，就亲自率队，想用人海战术取胜。我们朵鲁班部被分派在他身后的梯队，尽管大家蜂拥着往上攻，可怎奈面对险峻的山谷，英雄也无用武之地。

正在败退之时，一只冷箭向大哥巴根射来。离大哥只一个马身位置的阿爸一看，提马跨了过去，挡在了大哥身前。这时，不远处的塔林巴特尔也看见了危险，他惊叫一声。札木合听见儿子的叫声，一愣神，就只见阿爸已从马背上跌落了下来。阿爸的重伤，加上又死伤了一批人马，这让札木合变得异常暴躁，他下令退回帐篷。

晚上的营帐里，大家商量对策，兀鲁兀惕与忙忽惕部的意见是先围住乞颜部人再做考虑。但其他如泰赤乌部、塔塔儿部都极力主战，他们认为如果这样耗下去对谁都不利。这仗打到现在，是乞颜部输了，我们胜利了，再耗下去也不会有更好的结果。这样的情形下，札木合打也不是，不打也不是。

到了第三天，如困兽般的札木合更是失去了理智。为了给对手一些震慑，暴怒下的札木合下令在谷口阵前架起了七十口大锅，把赤那思族族长的七十个王子和一些被抓住的俘虏丢进锅里烹煮了，而他却镇静自若地喝着马奶酒。这还不解气，他又将被俘的捏兀歹部的首领察合安兀阿绑到阵前斩首，并把人头绑在自己的马尾上来回地拖行，以示惩戒。人在失去

心智的情况下，做出这样的恶行令人发指。

可是他的暴行不仅没有灭了对手的意志，反而激起了乞颜部人的斗志。铁木真颤抖着下了死命令：没有他的命令谁也不准冲下山去，包括他的母亲，否则格杀勿论。

看着山上怒目圆睁的乞颜人，札木合知道是没有办法攻进去了，想一举歼灭乞颜部的计划落空。他只能悻悻地退了兵。

这场战争，是札木合的转折点。本来，胜利的天平向他这里倾斜。可眼看着唾手可得东西就这样从指缝间溜走，他心有不甘。这场看似的胜利，其实让他失去更多。他的残暴激起了很多人对他的不满。而铁木真虽然输了这仗（也是他生涯中唯一的一次失败），但他卓越的智慧、宽厚待人的性格得到了人心。不久，能征善战的兀鲁兀惕与忙忽惕两部落都脱离了札木合转投铁木真。虽然乞颜部在战争中损失了一部分，十三翼之战确实制约了铁木真的迅速发展壮大，但也因为这场战争，越来越多的草原部落归顺于他。他其实是真正的胜利者。

战争就是这样的残酷和微妙。十三翼之战改变的不仅仅是草原上那三股力量的暂时平衡，更重要的是人心。这比多赢一场胜利要重要得多。作为这场战争的亲历者，少年时期的塔林巴特尔还不能有这么深刻的体会。他只是从心底不赞成父亲的所作所为，可人小言微，不能左右什么。但他会思考，从旁观者的角度来思考。这影响着他今后的人生，那就是对战争的拷问、对生命的尊重和对战局掌控之微妙的体会。他明白父亲让他亲历这场草原大战的目的，就是想让他看见嗜血的狼性！而面对着倒下的人们，特别是巴图为自己儿子挡下箭的那一刻，他的心是颤抖的！这不仅仅是为了萨日，为了平日和蔼可亲的巴图，更是为了这场该死的战争。

第七章　痛失父爱

过了很久我都不愿回忆那个场景：看见我们的队伍回来，我骑着青合马愉快地跑过去寻找阿爸，却怎么也找不着，大家也都垂头丧气地默默不语。我着急得到处乱撞，感觉到了气氛的压抑。大哥巴根看见我向拉着阿爸遗体的马车跑去，他流着泪抱住我不让我冲过去，生怕我看见那惨烈的一幕。大家哭声一片。我哭着闹着整整三天，直到没有了一点儿力气。就是那三天，突然让我长大。没有阿妈，也没有了阿爸，我的世界一下子就空了。

睡梦中总感觉有双温暖的手轻轻地抚摸着我："萨日，我的好孩子，这是你阿妈，我们来看你了。"

"阿妈，我好想你呀！阿爸，你怎么舍得离开我？"

"我的孩子，你要知道这是上天注定的，不能违背。我和你阿妈都很好，不要惦记我们，你要快

乐坚强地活下去。要听大哥大嫂的话。记住,你永远都是我们的宝贝。"

"阿爸,阿妈,你们别走。"

"萨日,萨日,是不是做梦了?"奶妈叫醒我,起来一看,泪水打湿了衣衫。

阿爸出殡的那天,我没有流一滴泪,也没说一句话。就是塔林巴特尔到我面前,我也只是默默地看着他。我的沉默吓坏了巴根和阿古达木,急得他们围着我直转。奶妈只是紧紧地搂着我流眼泪。

以我当时十岁的年龄,是无法深切地理解"死亡"这个概念的。奶妈不停地告诉我:"阿爸是上天去了,去见你的阿妈了。"我就是想不明白:阿爸为什么要离开我。他不爱我了,他不要我了?我恨上天抢走了我的阿爸,夺走我的爱。这是我第一次真正地直面死亡,第一次从心里放下阿爸还会回来的幻想。虽然我知道阿妈是因我而死,但她对于我来说也只是个概念。可阿爸不一样啊,他是那样活生生地影响着我。

飞翔的雄鹰啊,

请你告诉我,

我那慈祥的阿爸啊,

去了何方?

求你捎上我吧,

只为看他一眼,

从此以后,

那就是我梦回的故乡。

"萨日,以后我会对你好的。别太难过了,好吗?"我默默地看着塔林巴特尔握着我的双手,眼泪夺眶而出。

时间不以任何人的意志为转移,无论你多么想让它停下来别走，也无论你怎样地哀求它快快走些，你开心也好悲伤也罢，它就是这样慢慢地消逝着。它能带给你很多，也会夺走你的所爱。如果老天让我能选择一次，我肯定会选择时间就停留在阿爸参战之前。我宁愿自己不再长大，也要让疼我爱我的阿爸永远活着。可那只是如果……

渐渐地，我从失去父亲的悲伤中平复了，只是不爱笑，也不太说话。我每天还那样日复一日，一有空就躲进自己的房间里和奶妈做着刺绣。托娅嫂子有空也会过来陪我，大家都说我长大了，以前那个疯丫头不见了。其实我只是把那刻骨的痛埋在心底，对谁也不想说。

失去父亲的庇护，重担就压在了我大哥巴根的肩上。父亲在临死前交代大哥巴根说，要脱离札答兰部落，跟随铁木真。就这样，我们朵鲁班部落转投了乞颜部落。一下子，我们和札木合就成了敌人。我知道，这对我和塔林巴特尔意味着什么。可命运的变化，又岂是我们两个十几岁的孩子能左右的。

这天，我和嫂子托娅在给大哥绣着长袍上的图案。

"萨日，你怪你大哥吗？"

"不会，托娅嫂子。这个决定是阿爸做的，怎能怪大哥呢？虽然我和二哥阿古达木亲近些，但那是因为大哥比我大得多，他沉稳内向，不像阿古达木。其实我心里也很爱他的。"

托娅一下子搂住我："好妹子，真的懂事了。"

白天的时候，我就尽量找事情做，把塔林巴特尔放在心里的最边处，不去触碰；可到了晚上，思念有如潮水，怎么也抑制不住，只有悄悄地哭泣。

思念这种事，特别是在那样艰难的日子里，你越拼命地抑制，它就越往上冒，有时我自己都能感觉到浑身在战栗。为什么两个特别爱我的人，都一下子从我的生活中消失了。可从心底里，我还保留着一份希望：事情也许不是想象的那样毫无希望。一个小小的声音在说：让时间来解决一切吧。

自从十三翼之战后，草原的格局发生了很大的变化。三部鼎力之势的平衡也被打破了。札木合虽然取得了胜利，也使乞颜部损失了三分之一的兵力，但铁木真赢得了人心，得到了札木合部下最善战的两个部，实力没降反升。所以，我们东部草原实际是在铁木真的掌控之下，札木合这时已经逊色了。而且，乞颜部一直联合西部克烈部落的脱里汗，札木合的势力更是与之无法抗衡了。

这时的札木合就像热锅上的蚂蚁，大好的局面走成这样，又和安答彻底闹翻，已经没有回头路好走了。如果他能深刻反思，摆正自己的位置，也许就不会有以后的悲剧了，可他一直在自己的圈子里绕，没能看明白事情的本质。他的铁杆，比如泰赤乌部落，比如塔塔儿部落，都是和乞颜部不合的部落，加上一些原有的旧贵族，不满铁木真的任人唯贤，就整天在他的耳边捣鼓，迷惑了他的心智。

"你看，哈撒尔就如我说的那般，他紧紧地抓着克烈部的脱里汗，现在的东部几乎成了他们的天下。"泰赤乌的塔里忽台边说边看着沉默不语的札木合。

"说的是呀，我们不能这样坐以待毙。"

"你们札答兰以前是那样地帮着他乞颜部，现在竟欺到你的头上来了。"塔塔儿部的札邻不合阴笑着，也帮着腔。

"我也一直把脱里汗当父辈来尊重的。他脱里汗虽然帮着乞颜部，但料想也不会明着对付我吧？"札木合有些犹豫。

"那也很难说。"塔里忽台慢条斯理地说道，"如果不是脱里汗明里暗里地帮着他哈撒尔，他们能有今天？"

"不管怎么说，我们都要有两手准备。"

"那你们说说看，怎么个两手准备。"札木合拿起鼻烟壶嗅了嗅。

"第一，联合一些对乞颜部不满的贵族，壮大我们的队伍。第二，克烈部的脱里汗那里最好安插些我们的人进去。"塔里忽台自信满满。

"看来,你塔里忽台早就有备而来呀。"

"不瞒你说,我确实考虑很长时间了。"

"嗯,你们说得有些道理。"札木合显然是在打着哈哈。

"这不是有些道理,是迫在眉睫。"札邻不合说完看着札木合。

"依你们看,我们能联合多少人马?"

塔塔儿的首领塔里忽台一听有戏,就来了精神:"我们本来就有几个长期的联盟,这些人是没有问题的。要不,我抽点儿时间到各个部落去走一趟?"

"以我们泰赤乌部的号召力,拉来几个部落是没有问题的。我心里已经有些人选了。"

"这样说来,加上我们自己的力量,结集十一二个部落形成联盟是不成问题了?"札木合动心了。

"那是当然了,肯定没有问题。"塔里忽台拍着胸脯说。

"容我再想想。来来来,大家喝酒,不醉不归。"

晚上,客人们走后,札木合回到卧室。他夫人在等着他呢。"你们今天的谈话我都听见了。"她接过札木合的腰带放了起来。

"我知道你怎么想,老娘们儿别掺和了。"札木合脱衣躺了下来。

"你别忘了,我的先祖可是松赞干布,怎么着也是正宗的王族,哪点不配你们札答兰了?"

"那好,你说,你请说。"札木合一副懒得理你的模样。

"塔里忽台说得有道理,他考虑得对。巴达尔图落难的时候我们是怎么对他的?且不说他们在这儿白吃白住一年多,就是那年他铁木真还是靠着我们才把他夫人孛儿帖抢回来的吧?"她看札木合没说话,又接着说道,"我们札答兰跺跺脚,这东部

也要抖一抖的，现在被他们抢了风头，这口气你能咽得下去呀？"她推了推闭目养神的札木合，"我告诉你，别不吭声啊，我看泰赤乌是死心塌地跟着你的。他们可是黄金家族啊，塔里忽台你要抓牢了。"

"你想怎样？"

"他不是有个和巴特尔年纪相仿的女儿吗？要不我们和他联姻？这种事，总不能等女方家开口吧？"

"你是说让巴特尔娶他的女儿？他的女儿才几岁呀？"札木合一下子坐了起来。

"这有什么好奇怪的，等她几年就是了。女人总要嫁人的，我们的儿子也要娶媳妇的。年龄上，她是和阿尔斯楞相配些。但你看，巴特尔聪明，有智慧，比较冷静。而阿尔斯楞太小心眼。如果以后要成大事，还是靠巴特尔才成。"

"明白你的意思了。我找个时间说说。"札木合若有所思点点头。

"这就对了。我知道你还犹豫，不能下决心和巴达尔图、脱里汗决裂。但现在形势不等人了。"

"你懂什么呀？你以为那个脱里汗好对付呀？和他作对，你是要有资本的。"

"塔里忽台不是说我们能联合十二个部众吗？那不是资本？再说了，找人打入他们内部，也可以知道脱里汗的动向，我们也算是打的有准备之仗啊。"

"知道了，夫人。睡觉吧。"说完又躺了下来。

"还不行。等到事情确定后，你要让阿尔斯楞跟着巴特尔。"

"你又出什么幺蛾子？"札木合很不耐烦地翻过身去。

"我是怕巴特尔老往朵鲁班跑。你还不明白，你看他的蓝色褡裢都不离手。"

"知道了。服了你了。"

札木合的夫人何许人也？她叫索布德，她的家族有些历史。在松赞干布时期，他以卓越的政治和军事才能，缔造了强大的吐蕃王朝，延续了二百多年。到了第十一位也是最后一位赞普达玛，他因长期不得志，就和旧的世俗贵族集团勾结，以莫须有的罪名逼迫自己的亲哥哥第十位赤热巴金赞普下台后，才走上了政治舞台的中心。自他上位后，为了报答那些个所谓拥护自己的世俗集团，他废除旧制，颁布新政。这让世俗贵族集团重新控制了政治、经济、军事大权，并对佛教及佛教僧侣进行了无情的打击，造成了社会的大动荡。加上那些个世俗贵族的崛起，人们不仅没感受到新的赞普带来的福祉，反而加重了人们的生活负担。巧合的是，自他上台后的几年里，接连遭受了自然灾害，真是民不聊生。他的施政，不仅不能给广大民众带来普惠，连基本温饱都解决不了，却让那些个世俗集团过着为所欲为的生活。这在很大程度上伤害了吐蕃人民的感情，导致绝大多数民众的不满。后来他在一次的外出的活动中被人暗杀。达玛被杀后，为了他的骨血小王子免遭黑手，他的爱妃带着小王子和一帮追随达玛的世俗集团，逃离了吐蕃，隐居下来，索布德夫人的先祖就是逃离吐蕃的小王子这一支。正是家族的这些来历，加上她从小耳濡目染父辈们对家族复兴的津津乐道，养成了这样的性格。不过，说来也怪，札木合还就是服她，这是后话。

第七章 痛失父爱

第八章 相约逃婚

转眼三年过去了,到了 1193 年。这几年间,我再没有得到过塔林巴特尔的任何消息,也没有见过他。唯有回忆我们的点点滴滴,支撑起我一天又一天的希望。

一天夜里,有人在敖包外面轻轻地唱着"蓝蓝的天唻,白白的云,我和阿爸来放羊,牛羊肥唻马儿壮……"我一下从床上跳了起来。是他是他,真的是他,真真正正是我日思夜想的巴特尔。我一下就扑进他的怀里,哪里还顾得上别的。

"萨日,别怪我这么久才来看你。"塔林巴特尔轻轻地替我擦掉眼泪。

"没有,我这是高兴。"

"你们和乞颜部结盟,我阿爸很生气,就派弟弟天天跟着我,不许我过来。"

"我明白的。"

"你还好吗?让我好好看看你。"

"我挺好的,只是太想你了。"说着我又流出了眼泪。

"我知道你心里的苦,也能体会。"

"只要你心里想着我,我就开心了。"

"傻丫头。"他握住我的手静静地坐着,我们彼此对望着,好一阵没有说话。

我的手无意中摸到他的腰间:"你还带着我送你的褡裢?"

"是呀,都不舍得拿下来。"

"我悄悄地给你做了些东西,我这就拿给你。"

"先别忙,我今天来是要和你商量事情的。"看着塔林巴特尔凝重的眼神,我的心怦怦乱跳。

"我们逃走吧。"

"为什么?"塔林巴特尔的话吓我一跳。

"我阿爸给我许了门亲,是泰赤乌部落的公主。他说弟弟阿尔斯楞性格莽撞,心胸狭窄,不能成大器,以后要传位给我。和他们结亲就是为了巩固我们的势力,对日后的政权建立有帮助。这是三年前的事情了。"

我诧异地看着他,没说话。

"我知道你怎么想。可我那时小,也没有能力反抗。这几年间,我想过各种各样的借口和办法,但都不可能改变结局。有好几次借着外出的机会,我都快到你这里了,却被弟弟发现给追了回去。离你那样的近却不能看见你,你知道我的感受吗?现在快到接亲的日子了,我实在是不想娶她,我对她没有一点点儿的感情,这样对她也不公平,我就和阿爸说了。震怒下,他就把我关了起来。阿妈流着泪求我答应下来,真不知道我还能撑多久。"塔林巴特尔低下头,轻轻地叹了口气。

"你是怎么逃出来的?"看见他那样,我的心都揪紧了。

"我一个远房叔叔一直都很喜欢我,他悄悄地把我放了。"

"那你怎么打算的?"

"现在顾不上那么多了,我们先离开再说。草原这么大,哪儿都是我们的家。只是怕委屈了你。"

看见他热切、坚毅的眼神，我还有什么好顾忌的呢，"只要能和你在一起，我什么都不怕。"

"那好，这几天做好准备，七天后我阿爸要去塔塔儿部，我有机会出来找你。天快亮了，我先回去了。"

最最担心、最不想发生的事情还是发生了。我在心里祈祷了无数次，也乱七八糟地想过好多种结果，就是没想到这一出。尽管塔林巴特尔的计划大胆而疯狂，但我更喜欢他了。他是一个真汉子，一个可以托付的好男儿。每想到可以和他生活在一起，我的心就被幸福灌得满满的，脸上也露出久违的笑容。

一连几天，我都在暗中悄悄地准备着，以为神不知鬼不觉。其实，有双眼睛一直在观察着我，只是幸福中的我根本没有察觉到。

"萨日，你们那晚的话我都听见了。"

"奶妈，我好幸福。"

"我的好孩子，你想跟他走吗？"

"是的，只要能和他在一起。"

"看着你这几天幸福的模样，我也好开心。塔林巴特尔是个可以托付的人。可你想过没有，你们离开后泰赤乌会放过札答兰和朵鲁班吗？札答兰之所以和泰赤乌联姻，就是看中了他们的纯正血统，就这一点，札木合也不会放过你们。单就一个泰赤乌我们都很难对付，加上札答兰，我们朵鲁班怕是要有灭顶之灾了。"

"奶妈，求你别说了，我没有想这么多。"我的心如刀割，好似万箭穿心，放声大哭起来。其实我只是不敢想，自欺欺人罢了。

"我苦命的小萨日，不管你怎么做我都支持你。"奶妈也陪着我流泪。

那晚，我又梦到了阿爸，可他什么也不说，只是默默地看着我。他脸上的忧伤刺痛着我。

"阿爸，告诉我该怎么做。求你说话呀，阿爸。"阿爸叹了口气不见了。

到了和塔林巴特尔约定的日子，我说不舒服，让奶妈把饭给我端过来吃。其实我是害怕看见哥哥们，不知道怎么面对他们。一整天，我就如同行尸走肉般，心又被掏空了。嫂子托娅不放心跟着过来了，看见我神情恍惚，还以为我真的不舒服，嘱咐奶妈好好地照顾我，便离开了。那时，我多么想拉着她别走，可手似有千斤重，就是抬不起来，什么都做不了。好漫长的夜呀，外面静静的，静静的，一点儿声音都没有。我一会儿祈祷塔林巴特尔有事不能来了，一会儿又怕再也见不到他。好乱啊，心乱如麻，已经没有了思考。奶妈紧握住我的双手，让我靠着她，什么也没说。我们就这样静静地等待着。

"萨日，萨日。"塔林巴特尔在叫我。

我拖着如同灌了铅的双腿，每走一步都是如此艰难。"巴特尔，我的爱人。我不能跟你走。"

塔林巴特尔惊讶得说不出话来。

"你听我说，做这个决定是如此的艰难。我不是为自己考虑的，我是为你和我们的部落考虑。"

"我何尝没有想过？只是我们……"

巴特尔那忧伤的眼神，我都不敢直视。"我知道你的好。这都是命啊。"

"我们再想想，再想想，总会有办法的。那我们设计个遇客婚吧？他们不会拿我们怎样的。"

"就算你设计好了遇客婚娶了我，可泰赤乌的塔里忽台和你阿爸会罢休吗？"

"难道我们真的就没有出路了吗？"看着塔林巴特尔痛苦的表情，我心如刀割。

"来生吧，来生我会嫁给你。记着一定要娶我。"

塔林巴特尔跌坐在草地上，痛哭起来。那压抑的、痛苦的呜呜，声声割在我的心里。这是我唯一一次看见他流泪。我走

第八章 相约逃婚

过去，抱住他，我们就这样依偎着，感受着彼此的伤感。周围是死一般的寂静，正如我们此时的心境。分别时，他掏出一个黄金面具："这是我母亲送给我的护身符，让它代替我好好保护你吧。来生以此相见。"

后来，听到塔林巴特尔娶了泰赤乌公主的消息，我也只是抬了抬头，然后还在继续做我的刺绣。那段时间我心如死灰，看什么都是灰蒙蒙的。心死了，天也是灰色的。有时候我也会想起那段时间，真不知道自己是怎么挺过来的。

自逃婚失败后，塔林巴特尔遵照父命，娶了泰赤乌的公主。按说，札木合现在应该是放下心来了，可他还顾虑着克烈部脱里汗对他的威胁。这不，又开始考虑让阿尔斯楞去王汗的身边。这遭到了塔林巴特尔的坚决反对。

"阿爸，为什么要让阿尔斯楞去克烈部？"

阿尔斯楞昂着头，轻蔑地看着巴特尔。"大哥就是看不惯我的好是吧？克烈部是西部之王，我要是过去了，就会得到王汗的庇护了。"

"你怎么这么糊涂？脱里汗凭什么就会重用你？"

"就凭我是阿爸的儿子。我们札答兰也不弱啊。"

"既然不弱，干吗去给别人卖命？"

"你们都给我住嘴！"札木合一拍桌子，"我来告诉你是为什么。"

"还记得塔林巴特尔刚刚一周岁的时候，阿尔斯楞还没有出生呢，我们札答兰也遭到了蔑儿乞部脱脱的突然袭击。那时的蔑儿乞人还是很强盛的。我没有一点儿防备，被打得措手不及。就这样，他们抢走了我札答兰的好些部众和财产。你们知道我是怎么做的吗，那我就去投靠呀。你不是抢走我的东西吗？不能就这样便宜了他们。我暗中等待着机会。后来，脱脱放松了对我的防范。我知道机会到了，就悄悄地潜回札答兰，和大家商量好了时间和地点后，又回到了脱脱身边。在夜色的掩护下,我带领札答兰部众连夜袭击蔑儿乞的营帐,冲进了脱脱的幕帐,那脱脱还在呼呼大睡呢。看到脱脱那惊愕的表情,我终于可以出一口气了。他不仅答应把抢我的东西全部送还,还额外给了我好些的牛羊以示补偿。"

"阿爸好样的!"阿尔斯楞得意地笑着。

"那和阿爸对巴达尔图、脱里汗不是一回事。阿爸,早在十三翼之战后,我就给了您建议,一定要联合西部的脱里汗。那时是多么好的联盟机会啊!现在,脱里汗明显向着那边了,而我们联合的众部和他又不对付,这时您派弟弟过去,脱里汗表面上不会说什么的,但肯定会提防。您说,会有效果吗?"

"你说什么呢?大哥就会帮着外人说话。我们札答兰里有一半的人都去了乞颜部。"

"那他们本来就是乞颜部的人啊。那时铁木真因为落难,他们才暂时投靠我们的。再说了,脱里汗明面上从没有对我们怎么样。"

"巴达尔图的父亲和脱里汗是安答,现在哈撒尔又拜脱里汗为义父,所以我们才对脱里汗不得不防。"札木合厉声地说道。

"那也不应该让阿尔斯楞去。如果阿尔斯楞不小心露出了什么,对你更加不利。"塔林巴特尔想劝阻阿爸。

"你从来都是看不惯我的,还是大哥呢。"阿尔斯楞气呼呼地看着塔林巴特尔,转身坐了下来。

"我这是在保护你啊。"

阿妈这时款款地走了过来,对着阿尔斯楞说:"都别说了。巴特尔说得有些道理,我让你阿爸换个人去。"

"阿妈,你也向着塔林巴特尔。"阿尔斯楞感觉好委屈。

"好孩子,听话。这都是为你、为了我们部落好。"

就这样,札木合和泰赤乌部的塔里忽台商量后,找了个可靠的贴身随从,投在了脱里汗的名下。

第九章　我的婚姻

　　这时的草原，进入了表面上的安定时期。其实，私底下却暗流涌动，各自积蓄着力量。塔塔儿部首领笑里徒反抗金朝（女真族），金朝朝廷命令身为金朝大将军的克烈部脱里汗消灭塔塔儿部落。后来，脱里汗联合了与塔塔儿部有血仇的巴达尔图和哈撒尔，一起向塔塔儿部发动了进攻。因为乞颜部与塔塔儿血海深仇，所以这一仗他们很重视。我大哥奉命率部在左路迎战。虽然塔塔儿部不弱，但哪经得起这两个强悍部落的攻击。在斡里札，他们不仅打败了塔塔儿部落，巴达尔图还手刃笑里徒，报了杀父之仇。金廷闻讯大喜。这女真人对外是很善战的，但一遇到草原的蒙古部落，也不知中了什么邪了，就是打不赢。这次脱里汗和乞颜部联合打败了这样一个强劲的对手，金廷那兴奋是不言而喻的。当即下表，封脱里汗为"王"，即为"王汗"；封铁木真为"札兀忽里"，即"部落官"。

　　得胜归来后，乞颜部因为报了大仇，高兴得大宴三天,犒赏各路将士。铁木真向来任人唯贤,论功行赏,这为他赢来了很多的有识之士,比如日后的哲别、博尔术、木华黎等,都为他的统一大业立下了汗马功劳。

铁木真的亲弟弟哈撒尔打头阵,因为勇猛善战,还是神射手,铁木真称他为"哈布图哈撒尔"("哈布图"即"精准"的意思)。"哈撒尔,因为你放了第一箭,又是那样的精准,所以我赐你'哈布图'。"

"谢谢可汗。"哈撒尔干了杯中酒。

"巴达尔图,好安答,你紧随哈撒尔之后,又手刃笑里徒。这把佩刀跟随我好几年了,我把它赏给你吧。"

"谢谢可汗的赏赐。我会永远带着它。"巴达尔图高举着佩刀躬身回到了座上。

铁木真看看我大哥:"巴根,你带领朵鲁班部众从左路牵制了塔塔儿人,功劳也不小啊。你跟着我也有几年了,为我们乞颜部也是尽心尽力的。我们为人怎样?"

这话把大哥给说糊涂了。他赶紧站了起来:"正是因为你的英雄胆略,我们朵鲁班才跟定你了。"

"说得好。听说你有个十六岁的妹妹箭射得好,刺绣也不错,歌也唱得好听,到现在还没有许配人家?"铁木真笑着说道。

"是的,在可汗面前哪敢说箭射得好?因为父母去世得早,我们又连连打仗,所以妹妹的婚事被耽搁了。"绕来绕去,还是绕到这上面来了。

"那可巧了,巴达尔图是我的好安答。他的儿子莫日根和你的妹妹年纪相仿,作战也很英勇,虎父无犬子呀。我看很合适,结个亲吧。你们的意见如何?"铁木真一脸笑意地望着大哥。

"可汗英明,我们没有意见。"我大哥和巴达尔图一起站了起来。

第九章 我的婚姻

"哈哈,好呀,喜上加喜,亲上加亲。我让阔阔出选个好日子,把喜事办了。"

"恭贺可汗,喜上加喜。"大家一齐起身恭贺。就这样确定在第二年的八月中旬,那达慕大会之前为我们操办喜事。

大哥心里一直在打鼓:一来巴达尔图出生黄金家族,比我们朵鲁班高贵得多,我们有点儿高攀了;二来他怕我不同意,他知道我对塔林巴特尔的感情,怕我过不去那道坎;第三,还有个更重要的原因他一直瞒着我。晚上托娅嫂子告诉了我这件事,我没有犹豫,一口就答应下来了。我有什么同意不同意呀,那个时候就想,除了塔林巴特尔,其他的人嫁给谁都一样。有了婚事之约,我们家开始忙碌起来了,到处是喜气洋洋的景象。因为是嫁到黄金家族的巴达尔图家,我们整个朵鲁班都感觉脸上有光。大哥和二哥商量,嫁妆不能寒酸,正紧锣密鼓地张罗着。我还是按部就班地做着我的事情,心里没有一点儿的波澜。奶妈整天乐呵呵的,嫁妆里需要缝制的东西全被她承包了,我倒乐个清闲。这不,想起来二哥的单袍衣袖上还缺一块没有绣完,就想拿过来做完它。还没有到蒙古包跟前,大老远就听见大哥、二哥的吵闹声。正想推门进去劝阻,就听见是在说我呢。

"你不能让她蒙在鼓里嫁过去,她可是我们的妹妹。"

"你有什么好办法?我倒想听听看。"

"你平时不是办法多吗?快想想啊。"

"你以为我不想啊?可汗明里暗里地点过几次了,我都装了糊涂。心想着赶紧找个合适的人把妹妹嫁了。可你看看左右,还真没有遇见合适的。现在又这样了……"

"那也不能就这样把萨日嫁给莫日根。你知道她对阿爸的感情。万一以后她知道了,心里过不去,让她在夫家还怎么活?"

"她也是我的妹妹,我不心疼啊?"

"我一想起阿爸，一想起那巴达尔图，就……"

"那你说还能怎样？退掉这门婚事？"

"反正我一想到妹妹要嫁给杀父仇人的儿子，我的心里就堵得慌。"

"你以为我想啊？这次在三军帐前，当着那么多人的面，我能怎么说？这是赐婚啊。"扑通一声，天旋地转，我晕倒在门前。睁开眼，我躺在自己的床上，屋里围了一圈人。"全都出去，我谁都不想见。求你们让我静静吧。"

心里翻江倒海般地涌起的那个恨呀，使我浑身战栗。老天为什么要这样对我？我到底做错了什么？从小就没有母亲，十岁时疼我爱我的阿爸也撒手而去，明明相爱的人不能结合，那就将就地嫁了吧，却还是杀父仇人的儿子。老天，你这是不让我活啊！

"萨日，我的小萨日，你好好听我说。人生来是不能选择的，什么时候生、什么时间死都有最好的安排。我一生都是在战场上漂泊。你要知道，一名真正的勇士不是怕战死，而是怕不是战死沙场。请不要再为我的死而难过。我们既然来到了世上，人生的酸甜苦辣就如同我们的奶茶，每天都要品尝的。所以生来就是来体会，来接受。不要抱怨上天对你不公平，所谓的公平其实是你自己心里的影射而已。所以无论它给你一个怎样的结果，都是你改变不了的。而我们要做的，就是学会接受，然后走出自己的路来。我的好孩子，你的哥哥们是那样地爱你，还有爱你的托娅和照顾你无微不至的奶妈。想想他们，好好生活吧。我和你的阿妈一直都在看着你。爱你，我们的宝贝。"

这是我最后一次梦见父亲。阿爸的话使我的心情平复了许多。

第二年的八月，我如期嫁给了陌生的莫日根。在出嫁的那一刻，我回首这片生我养我的土地——我深深眷恋着的故乡，

连同我的塔林巴特尔，一起埋入了心底。

我的公公巴达尔图是主儿乞人，黄金家族排第二。他生性刚直，桀骜不驯，从小就臂力过人，勇敢善射，五岁就能拉弓射箭，矢无虚发。十六岁时，他随铁木真的部众，打败了蔑儿乞人，抢回了他的嫂子。在这次战斗中，他砍断了三把刀，杀死了三百多敌人，英勇无比。在十三翼之战中，他奉命恪守左路，拖延了札答兰的进攻，为乞颜部众的撤退赢得了时间。他和铁木真是姨表亲，自幼和铁木真结为安答，一心辅助他。巴达尔图并没有因为自己是黄金家族而有非分之想，所以深得铁木真的信任，后给他们分封了三千户众。

巴达尔图的黄金血统也影响了莫日根。和他的父亲很像，莫日根也是身材魁梧，臂力过人。巴达尔图深爱这个儿子，行军打仗也都带着他。莫日根一直奉行“如果吝啬箭头，就猎不到野兽”，为人比较粗犷豪放，不太善于交谈。我嫁过来后，也无所谓好和不好。没有感情的生活就是做好本分，倒也相安无事。只是，每当我见到巴达尔图，内心还是比较纠结的。对于我的公公，我理应孝敬他。可一想到他一箭射死了我亲爱的父亲，又心如刀割。这样度日如年的日子里，唯一能带给我安慰的就是把心中所思所想化进针线里，化进一件又一件的袍子中。

莫日根家自从被可汗封户后，就变成了大家族。人口多，家教比较严，规矩也多。尽管我内心是多么不喜欢巴达尔图，但看见他只要在家，都会抽空陪老太太喝茶聊天，十分孝顺。我每天早晨也会去给老太太和太太请安，闲聊一会儿，尽量避开那些与我没有太大关系的话题，回自己的房间和奶妈做做刺绣，说些贴己的话。本来就没想怎样，也可避免些是非。奶妈是我陪嫁过来的，有她在，给了我不少的温暖。我和奶妈对老太太娜布其夫人的印象很好，觉得她是个睿智、慈祥的老人，说话不急不慢，做事很有条理。奶妈说她不是一般的女人。我的婆婆也不错，只是不像老夫人那样有主见。

这天起床吃完早饭刚想过去请安时，我忽然觉得胃里一阵阵的痉挛，刚吃的早饭全被我吐出来了。奶妈以为是早晨的奶茶出了问题，赶紧扶我躺下，就和那边的太太说了。我正躺着养神呢，老太太娜布其夫人在太太的搀扶下走了进来。"萨日其其格，是奶茶吃坏了吧？"我刚想起身给她请安，可又干呕了起来。

"这不像是吃坏了肚子吧？快快去请大夫来。"老太太转身对太太说。

"哎。"太太赶紧走了出去。

大夫把过脉后，笑着说："恭喜老夫人，恭喜太太，你们家有后了。"原来我真的是怀孕了。

"我就说嘛，不像是吃坏了肚子。"

"躺好躺好，可别乱动了。以后你就安心养胎，别过来给我们请安了。奶妈你可要照顾好萨日其其格，她怀的可是我的大重孙子。"老太太高兴得合不拢嘴。

"我知道，老太太，太太，你们放心吧。"

"奶妈应该知道怎么照顾好孕妇的，我们就都回吧，让萨日其其格好好休息。有什么需要就告诉太太。"

"好的，你们走好了。"奶妈赶紧撩起毡帘送老夫人出去。一家人都沉浸在喜悦中，而我的心却跌到了冰谷。虽然心里早有准备会有这一天，可当它来临，我还是不能释怀。眼前老是晃着阿爸的影子，我不知道怎样来面对我肚子里的孩子。

莫日根那晚喝了很多的酒，本来不善言辞的他，倒说了几乎一年都没有说过的话。而我只能转过身去，默默地流泪。

第二天，奶妈抓着我的手，忧心忡忡地开导我说："孩子，我知道你心里的苦。可我们身为女人又能怎样呢？"

"奶妈，我该怎么办？"

"好好地养好身体,把孩子生下来。"

"可我的心里就是不甘。看到巴达尔图就更生气了。"

"孩子,听话。你要怪就怪战争吧,是它让你失去了阿爸啊。"奶妈着急地看着我。

"为什么偏偏就是巴达尔图?"

"我们谁也改变不了这结果啊,孩子。"

"奶妈……"我扑在奶妈的怀里哭起来。

"哭出来吧,好孩子。哭出来心里就舒坦了。"奶妈轻轻地拍着我,就如回到了小时候。

我的妊娠反应很大,不能吃东西,一吃就吐。不但不能吃,别人在我面前还不能说,一说反应就来了。可也不能什么都不吃呀,只好吐了吃,吃了再吐,就这样折腾着。这样的身体折磨暂时减轻了我的心理压力,顾不上想太多。如果没巴达尔图那次的来访,可能一切也就顺理成章地走过来了。

那天在莫日根的陪同下,巴达尔图满面春风来到了我们的蒙古包里。"萨日其其格,听说你这段时间身体不舒服,我过来看看。"

"谢谢巴达尔图。"我躬身请了安。

"按说你现在最需要莫日根陪在身边的,可前几天,札木合纠集了十二部众向我部和脱里汗的克烈部发动了进攻,这是场很重要的战役,不敢有懈怠,所以派出莫日根作战。你不会怪我吧?"

"没有,那是他应该做的。"我都没有抬头看他。

"你怀的是我们巴达尔图家的第一个孙子,可要好好保重。我等着他叫我爷爷呢。"巴达尔图爽朗地笑着。

"明白。"听到他的笑声,我的心里咯噔一下。

"莫日根,以后少喝点儿酒,多陪陪萨日其其格。"

"好的,父亲。"莫日根恭恭敬敬地送走了巴达尔图。

看到巴达尔图那因为取得胜利、因为即将要有孙子而喜悦的脸,我就想到了我的父亲,不能自己。凭什么他就能享受天伦之乐,而我那可敬可爱的父亲却英年早逝?就是他害死了阿爸。内心里的一切新仇旧恨涌上心头。俗话说"石头虽小能砸烂陶罐,火种虽小能烧掉群山"。我无法控制我自己,犹如被魔鬼附体般地狂躁起来。

我本来就反应重,吃不了东西,后来就根本吃不下,没有一点儿食欲。而眼前又老是晃着巴达尔图的笑脸,内心的狂躁不安没有一丝减退。这天趁着没人的时候,我用宽宽的腰带紧紧地扎好腰部,心里不住地涌上一个念头:"我想把他从我的身体里拿掉,看你还笑不笑。"这个念头一直折磨着我,直到筋疲力尽。瘫倒在地上的那一刻,作为母亲的本能,想到这无辜的孩子,我的心被撕碎了。孩子是无辜的,我爬起来准备去叫奶妈,头一晕,重重地摔倒了。

晕倒的时候因为头部着地,我昏迷了两天。醒来后得知流了产,孩子没能保住,我泪如雨下。是解脱,还是愧疚?两者都有吧。有时候我也在想,如果那一天巴达尔图没有来访,没有这个阔亦田之战,我的命运可能是另一番景象。但一切都是最好的安排,上天不会因为我们的意志而改变什么,这就是天意吧。

第九章　我的婚姻

第十章　众汗之汗

我的受伤和流产使奶妈得到了责罚。趁着没人的时候，我抓着奶妈的手说："对不起呀，连累你老人家了。"

"孩子，我这算什么呀。看见你的腰带我就明白了。你放心，没有人知道这事。他们都以为你是因为吃不下东西身体太弱了而晕倒的。只是苦了我的小萨日。"

"奶妈，孩子没了，我也不好受。可那几天就是不能控制我自己。"我不自觉地落下泪来。

"唉，现在你什么都不要想了，身子要紧啊。"奶妈扶着我让我躺了下来。

"奶妈放心，我会好好的。"

"唉，这都是造的什么孽啊，我苦命的萨日。"

"奶妈……"

我的事情也传到了朵鲁班，大哥带着嫂子托娅来看我了。见到娘家人还是蛮欣慰的。大哥寒暄了几句就去找巴达尔图了，我和嫂子托娅叙着家常。

"前阵子，巴达尔图和莫日根灭了泰赤乌，你知道吗？"托娅拿出了她做的奶酪干和一些肉干，这些都是我爱吃的。

"不是很清楚，我也懒得打听。只是知道他们打了胜仗。嫂子给我做了这么多好吃的啊。"

"知道你爱吃，快吃吧。"托娅递给我一块奶酪。

"可汗这次可是解决了后顾之忧。听你大哥说，札答兰再没有实力与铁木真抗衡了。"

听到札答兰，我心头一颤："他们怎么样了？"

"札木合被王汗脱里汗抓到后，本来是要送给巴达尔图处理的。铁木真念着从前的旧情，就让脱里汗收留了他们。札答兰部落现在投靠了克烈部落的脱里汗了。"

"哦，那你有塔林巴特尔的消息吗？"我屏住呼吸，连眼皮都不敢抬。

"不是很清楚，你大哥也没说。只是我听见别人议论说，你公公巴达尔图在剿灭泰赤乌部的时候，杀了塔林巴特尔的妻儿。"

"怎么会呢？她怎么不待在札答兰跑回泰赤乌了呢？"我一惊，又是这个巴达尔图，我紧紧地抓着嫂子托娅的胳膊。奶妈也赶忙走了过来。

"不知道呀，我也是听说的。"

原来，随着乞颜部势力越来越强大，草原各部贵族感到了威胁。特别是他帮着金朝打败了塔塔儿部落，这让他们心生恐惧和不安。泰赤乌部和塔塔儿部就抓住这次机会，联合草原其他九个部落聚在了札答兰部。意外的是，竟还有巴达尔图的岳父弘吉剌部落。

"今天很高兴和大家聚在我札答兰，机会难得啊。特别是弘吉剌部落，他们的加入让我札木合深感荣幸。来，大家举杯敬我们的弘吉剌部落首领。"他举起酒杯，一口喝干了杯中的

酒。

"谢谢大家。乞颜部不应该帮着金朝攻打塔塔儿部落啊。作为草原的古老家族，保护我们的草原不被外人侵略，是我们义不容辞的责任。"弘吉刺部落首领拱手致谢。

"老人家真是深明大义啊。难得您老有这样的大智慧。来，敬您老一杯。干了！"塔里忽台带头站了起来。

"我是不赞成把女真人拉进我们草原的。再怎么，都是我们内部自己的事情。"

"说得太好了！来，老人家，我们干了这一杯就尽释前嫌了。"塔塔儿首领札邻不合走上前来，先干为敬。

"干！"

"这个金朝，可是钉死了我们的先人俺巴汗。不该呀不该，不该忘了祖先啊。"弘吉刺部落首领摇着头。

札木合看着坐在角落里默不作声的塔林巴特尔，一直拿眼神示意着他。

"非常感谢大家对我们札答兰的厚爱，晚辈在这里先干为敬了。"塔林巴特尔一口喝干了酒杯里的酒。

"贵公子一表人才，后生可畏啊。"

"谢谢长辈们的夸奖。"

"我们现在最要紧的是联合起来对付乞颜部。现在还来得及，不然等到他们靠稳了金朝，我们就麻烦了。"

"听说金朝给他封了个札兀忽里后，他每年都给金朝上贡呢。"

"那是自然，官就那么好当的啊。"

"虽然金朝在外人的眼里是战斗力极强，但在我们蒙古草原他时占不到半点儿便宜的。给他进贡真是疯了。"

"谁说不是呢？"

"大家静一静，听我说。既然他们能接受金朝的封官，那我们何不重新选出我们草原的王汗呢？"塔里忽台提议。

"是呀,我们不承认他那个可汗。"大家群情激愤。

"我提议,选举札木合为我们草原的可汗。"塔里忽台因为黄金家族的身份,还是有号召力的。

"同意。"

"我也同意。"

"谢谢大家的厚爱,我札木合为了草原的利益自会肝脑涂地。"这个千载难逢的好机会,札木合怎会放过,他起身抱拳回敬着大伙儿。

"我们不能再叫可汗,大家想个好称呼。"塔塔儿部的札邻不合提出。

"我看就叫古尔汗吧。他是可汗,我们可是众汗之汗啊。"塔里忽台早就做好了准备,接口就说了出来。

"这个名字好。来,我们敬古尔汗札木合。"塔塔儿首领札邻不合赶紧站了起来,马上趁热打铁。

"恭喜古尔汗,干杯!"这时,大家全体站了起来,按照传统,解下腰带,脱了帽子,跪了下来。就这样,札木合当场接受了古尔汗的汗位,接受全体的跪拜。

大战之前,札木合父子有过一场对话。

"我怎么感觉你没有一点儿激情?"札木合皱着眉头看着巴特尔。

"父王,你能做古尔汗我也为你高兴。可是就这样去和乞颜部对攻,我不赞成。"

"我认为现在就是最好的时机。打铁还要趁热。"

"你别忘记了,还有脱里汗在背后支持着乞颜部。"

"这个我考虑到了。但我不能失去这个好机会。"

"什么样的好机会?为什么非要和乞颜部一争高下?而且你的古尔汗已经压倒了克烈部的脱里汗。你不觉得现在挑起战争很危险吗?"

"不是我和他争，是他逼我的。"

"父王，你听我的吧。只要我们好好守住我们的草原，他们是不会来犯的。"

"混账话，你就这点儿出息？"

"为什么非要你死我活的？识时务者为俊杰啊。"巴特尔据理力争。

"你给我住嘴！"札木合抑制不住地愤怒。

"阿爸，别再想着那纯正的血统了，铁木真有着强大的人格魅力。"这可触到了札木合的痛处了。

"你知不知道有个胡日查是怎么说的？他说我们的祖先和札木合的祖先出生自同一个女人，原本不应该分开。但我看到一只黄白的乳牛用角撞了札木合的车，撞倒了札木合，折断了它的角，向着札木合喊道'还我角来'。而另一只黄白的公牛无角，却拉着帐篷的下角，向着铁木真高喊'国主'。"

"那又能怎样？他做他的'国主'，你做你的'古尔汗'。阿爸，收手吧。"

"大哥是不是还在对阿爸给你选了塔里忽台的女儿耿耿于怀啊？"阿尔斯楞不知道什么时候跑了进来。

"你说这事有意思吗？"

"怎么不是？你就是这样想的。你一点儿都不在乎塔里忽台的血统？那你能改变你的儿子有着高贵血统的事实吗？"阿尔斯楞挑衅地看着巴特尔。

"都给我闭嘴。"札木合气得一脚踢翻了茶杯，"滚，都给我滚出去。"

塔林巴特尔没能拉回他那一意孤行的父王，那个"古尔汗"的头衔让札木合冲昏了头脑。这时，安排在脱里汗那里的内线也报告了王汗的一些动向，似乎没有准备打仗的迹象，札木合觉得这一切都是天意。于是，决定对乞颜部动手了。他召集了各部首领，以摔杯起誓：我们结成十二路的部落，联合攻打乞颜部落。如有违背和泄密者,就如这摔碎的酒杯。

可老天还是向着铁木真的,消息最终被泄露了出去。

巴达尔图岳父手下的两个随从悄悄地报告了他。铁木真急忙向克烈部脱里汗求救。王汗脱里汗接到消息后,派儿子桑昆带了三队人马紧急赶过去,他自己随后赶到。这时战斗已经打响了。

首战,乃蛮部的首领不亦鲁黑汗作为先锋,带领着联军各部和铁木真派的巴达尔图、忽察儿、答里台三人,脱里汗派的桑昆、札合·敢不、必勒格·别乞先锋,最先在阔亦田展开了战斗,乃蛮部联军没能顶住乞颜部的攻击战败了。札木合和塔林巴特尔是率部在后面接应的,前方败下阵来,他们就和前来追剿的脱里汗相遇了。哪承想,这个王汗趁着札木合专注着前方的战事,没有发现他的到来,就悄悄地把札木合的营帐紧紧围住,并在箭头上点上火围攻了他们的阵营。这突然袭击,打得札木合毫无还手之力。塔林巴特尔看这情形十分危急,和父王商量由他带领着精英小队,拼死从左边杀出一条血路,札木合带着人马能冲出来多少是多少。巴特尔领着那五十多人的队伍打着头阵,也真是杀红了眼啊,见人就杀,拿刀就砍,就这样从重重包围中杀了出来。摆脱脱里汗的堵击后,已经死伤了大半。看见父亲和弟弟并没有跟过来,塔林巴特尔只好又折了回去,可他们已无力回天。脱里汗大获全胜,札木合也被俘获。本来脱里汗是想把札木合送给巴达尔图处死的,可巴达尔图念着旧情,让脱里汗收留了札木合。就这样,札答兰投靠了克烈部落。

而铁木真和巴达尔图则乘胜去剿泰赤乌部,至斡难河,展开大战。战斗中,铁木真的脖子被泰赤乌的箭射中,差点儿丢了性命。是那些个随从轮流用嘴吸出脓血,才救了他一命。巴达尔图大怒,灭了泰赤乌的全部。塔林巴特尔的妻儿那时正在娘家,也在剿灭中被杀。

第十章　众汗之汗

　　战斗结束后,泰赤乌人哲别来到铁木真的营帐里,承认是他射伤了铁木真。"可汗啊,是我的箭射伤了你。如你将我处死,只污你手掌一块地;如若叫我不死,我愿出力气,可将深水横断,不叫它冲碎坚石。"铁木真一看,哲别可是神射手,又是这样的光明磊落、敢作敢当,不仅没有杀他,还委任他为自己麾下的一员大将。

　　这就是阔亦田之战。札木合偷袭乞颜部的计划又一次失败,老天也再次选择了帮铁木真。这也是铁木真和札木合的最后一次决战了。从此,札木合寄人篱下,已没有了与乞颜部抗衡的资本。

第十一章　祸起萧墙

阔亦田之战才刚刚平息，翌年，乞颜部继铲平泰赤乌部后，又率部消灭了宿敌塔塔儿部。这时，他们才稍稍安顿了下来。巴达尔图和莫日根也算暂时得到平息。

巴达尔图在家的时候，我还是尽量不和他碰面，实在躲不过，也只能是敷衍了事。莫日根本来就很少说话，人又常年在外打仗，就算是回来了，也没有什么话好说的。只是，每次打完仗回来，我见他酒是越喝越多，而话却越来越少了。奶妈说都是战争给闹的。

身体的伤痛和心灵的伤痛一样，就算是表面上好了，那伤疤还在。自从那次流产后，我再没有怀过孕。这样也好，心里的负担也减轻了。

阿爸以前经常挂在嘴边的一句话就是：当你最会骑马的时候，就要防止从马上摔下来。这句话最适合现在的局势了。自泰赤乌部落和塔塔儿部落覆灭后，札答兰部也并入了克烈部落。乞颜部取

得的一连串胜利,不仅巩固了他们的势力,也得到了草原各部落贵族的拥护,这样的结局引起了哈撒尔义父克烈部落很多人的警惕和防范。不久后,因为脱里汗的弟弟联合乃蛮部偷袭了脱里汗的营帐,把他从王汗的位子上赶了下来。脱里汗连夜向乞颜部求救。可汗得到消息后,带人不仅帮助脱里汗剿灭了叛军,还帮他夺回了王位。这脱里汗自从收了铁木真的黑貂皮后就有了盟约,现在更是想拉着乞颜部巩固自己的势力。脱里汗想收哈撒尔为大儿子,而这件事使隐藏已久的矛盾彻底爆发出来。

原来,脱里汗有个儿子叫桑昆,能征善战,但一直对脱里汗庇护乞颜部不满。加上乞颜部的势力越来越大,他的心里就更加警惕了。现在自己的父亲对乞颜部言听计从,他们正想着通过政治联盟加强关系,那他自己在克烈部的地位就不保了,他可不想坐以待毙。桑昆不是草包,一直在暗中等待时机。所以,只要一有机会,他就找个由头大摆筵席,召集一些有明显不满乞颜部的贵族。"唉,父王收哈撒尔为义子这件事想必你们都知道了吧?"桑昆因为心痛,就故意说是义子。

"比义子还义子呢,是大儿子。王汗这件事做得太过分了。"

"可不是嘛,做个义子也就罢了,自己的儿子也不比他们逊色啊。"

"我早就对乞颜部看不惯了。王汗一直对他们偏爱有加。"

"是啊,桑昆赶紧想想办法啊。"

看见众人把藏在心中的不满都发泄了出来,桑昆决定摊牌了:"我今天请你们来,就是想让伯伯们给我桑昆出出主意、想想办法。你们都是从小看着我长大的,不会不帮我的。"

"那是当然。"

"他们乞颜部这次是帮了王汗的大忙,可是看看我们的王汗以前帮了他们多少,他们不能就这样居功自傲。"

"还有，我们帮助铁木真打败了那么多的敌人，现在东部已经没有力量能与他抗衡了。他分给我们克烈部什么战利品了？什么都没有！都收入自己囊中了。"

"是啊，王汗也太糊涂了，看不清他这个有野心的义子啊。"

桑昆举起酒杯："各位伯伯说得极是。我们现在首要的问题是，一定要让父王看清哈撒尔的嘴脸，要有所防范才是啊。"

"来，我先干为敬。"

哈撒尔是何等人呀，他从克烈部人的种种迹象里早就看明白了这些人的内心。平心而论，他对脱里汗就像是对自己父亲一样敬重，也根本不愿意和克烈部闹翻。所以，他提出和克烈部联姻。他想让自己最看重的三儿子娶桑昆的妹妹；而桑昆的弟弟娶自己的大女儿。可桑昆心里想：你让我弟弟娶你的女儿，那以后克烈部落还不是在你们的统治下？这对他桑昆没有一点儿好处。所以，他坚决反对。暗地里他找那些贵族天天在王汗的面前进谗言。脱里汗这时也犹豫了，部落里绝大部分贵族的反对他不能不考虑，也只能暂缓这个提议。就一直拖着，也不给乞颜部明说。

哈撒尔心里明镜似的，知道再这样下去只会两败俱伤。以他目前的实力也不是克烈部的对手。他又想到了一个办法，他让自己的弟弟合赤温去辅助王汗脱里汗，以表自己对义父的忠心。哈撒尔的这招险棋果真堵住了很多人的嘴。大家心里都明白合赤温就是个人质呀。如果有私心，那他弟弟的人头就落地了。而这时一个关键人物的出场，又改变了局面。桑昆想到了札木合。

那天，他又在宴请那帮人时，还特意让人请来了札木合。

"自古尔汗来到我们的克烈部，还没有好好坐下来和我们喝喝酒，真是有愧啊。"

"哪里,哪里,能认识你们已经很荣幸了。"札木合嘴上附和着,心里却在打鼓。

"你古尔汗的威名早就传遍我们克烈部了,哪个不知啊。"

"是啊,是啊。"大家也都附和着。

"你我都是痛快人,有什么想法也不用藏着掖着了。如今的乞颜部已经威胁到了我克烈部的安危了。所以,我们也不会任由这局面向这方向发展。你有什么高见啊?"桑昆倒是快人快语。现在的札木合在他眼里是凤凰落毛,只不过让他做自己的一颗棋子而已。

"我也有所耳闻。我那个安答啊,野心不小呢。"

"谁说不是呢。你说说看。"

札木合其实早就有所察觉桑昆对待哈撒尔态度上的微妙变化,这让他又看到了一线生机。"我对他是很了解的。当初他们困难的时候,我和你们克烈部帮他最多。现在,以他们的实力还和你们克烈部有些差距。等到真正强大起来的时候,他们的野心能烧到整个草原。"

"兄弟说得太好了。不愧是札答兰的古尔汗。依你之见,我们该怎么阻止乞颜部呢?"

"当务之急,是要让王汗对哈撒尔起戒备之心,不然可就晚了。"

桑昆想要得就是这句话:"我们正为这事发愁呢。前段时间哈撒尔提出和我克烈部联姻的事情,如果不是我们从中阻挠,父王就答应他了。可父王并不是对哈撒尔起了戒备之心,我看这事也不会拖太久。"

"要不这样古尔汗,你的儿子塔林巴特尔一表人才,有勇有谋,何不和我们克烈部结亲呢?"有人建议道。

桑昆一听,是个好主意:"这是好事,既可以堵住我父王的嘴,又加强了我们的联盟。古尔汗,你意下如何?"

札木合一听更是高兴了:"哈哈,能和你们强大的克烈部联姻,我还会有什么意见？"

"好,果然是英雄本色。来,大家一起喝,干！庆祝我们的结盟。"桑昆也是急不可耐地要抓住一切机会巩固自己的地位。

桑昆私下里对札木合许诺,让自己的妹妹嫁给他的儿子塔林巴特尔。但札木合让他先要说动他的父亲脱里汗。两个人一拍即合。

在一次脱里汗宴请克烈部众的宴会后,札木合特意留了下来。借着酒劲儿,札木合对脱里汗说道:"我札木合在心里一直把您当作父王来尊敬,所以,看到现在危险已越来越近,我不得不提醒你。我是与你在一起的白翎雀,我的安答却是离你而去的告天雀。"

"你何出此言？又有何用意啊？"脱里汗厉声反问道。

"你王汗没有杀我,还收留了我,我能害你吗？你看看我以前的札答兰部是怎样帮他乞颜部的,王汗您最清楚了。现在哈撒尔尊你为父,那是因为他还需要你这个父王的联盟啊。正如他那时需要我札答兰的联盟一样。王汉啊,您要清醒清醒了,不然悔之晚矣！"

哈撒尔和脱里汗亦父亦友,平时联合作战时又是同盟。正是这个同盟关系,动摇了脱里汗。当乞颜部真的像个"告天雀"不需要他这个拐杖的时候,那就为时已晚了。札木合说动了他。脱里汗意识到乞颜部已经威胁到了他草原霸主的地位。

1203年,脱里汗假意同意哈撒尔的联姻,约他来克烈部商谈,私底下却在紧张地备战呢。合赤温通过克烈部落的使者,探听到了脱里汗的虚实。他知道,如果哥哥哈撒尔过来就回不去了。合赤温是何许人也,力大无比,其他人哪是他的对手？他打死了监视他的暗哨,连夜逃回克鲁伦河。

哈撒尔接到合赤温的消息,一面赶紧准备着应战,一面让人把消息通知了铁木真和巴达尔图。这还没有站稳脚跟,克烈部落就发动了突然袭击。桑昆包围了哈撒尔的营地。脱里汗和

第十一章　祸起萧墙

札木合带领自己的人马围住了铁木真和巴达尔图。铁木真率领怯薛军则仓促迎战于合兰其沙陀之地。勇猛的哈撒尔也没能敌得过桑昆,战马被射中,他跌下马来。还好,他被自己的部下合力救起。他们边打边往铁木真和巴达尔图这里会合。而铁木真这边的情况也不乐观,他的三子窝阔台也被箭射伤,兵士更是死伤无数。这一阵的猛攻,逼迫铁木真他们只好沿途转移。人员分散,不能形成合力,也来不及组织起有效的反攻,战事对西部联军极为有利。

这时,桑昆又重新部署了战略战术。他自己带着克烈部的大部队从中路追进,他让父亲脱里汗带着克烈部剩下的人马从东路、札木合带着札答兰部从西路一直穷追不舍,慢慢从三面形成了合围之势。又派塔林巴特尔和弟弟阿尔斯楞挑了些精壮人马,以最快的速度埋伏在三面的那个缺口处,等待着铁木真他们的撤退。铁木真这边也只能是拼命地往缺口处逃离。等到他们逃到贝加尔湖以东,只剩下四千多人,这才得到了暂时的喘息。铁木真这时根本没有了还手之力,只能带着部众向着在贝加尔湖附近的岳父弘吉刺部进发。这时,他的岳父看见铁木真的情形,想到自己的女儿孛儿帖,也就没有为难他。铁木真收降了弘吉刺部。为了躲避桑昆的追杀,他也没敢久留,带着自己的部众一路溃败往山区逃去。因为他知道山区人少,可以隐藏。而且,平时他和哈撒尔、巴达尔图也有过约定,紧急情况下就去山区避难。等到他们跑到班朱尼河时,只剩下十九人。铁木真的坐骑也丢了,好在他们逮到了一匹野马,才暂时得以果腹。

看着这一路的狼狈场面还有垂头丧气的随从,铁木真感慨万千。但越是这样的绝境越能激发他的斗志。他带领着这十九个人,围着班朱尼河仰天盟誓:"打仗时,我若是率众脱逃,你们可以砍断我的双腿;战胜时,我若是把战利品揣进私囊,你们可以砍断我的双手。别因河深不渡河,别因困难不进取。如果有一天我建立了大业,定与你们同甘共苦。如有违背,就如这河水。"

这就是历史上著名的班朱尼河盟誓。铁木真是个铮铮铁骨的汉子，他那雄才大略的人格魅力又一次征服了大家。

巴达尔图带领莫日根这部还没有等到其他的部落赶来会合，就被脱里汗和札木合的部众给堵截了，巴达尔图只能带着莫日根拼杀起来。克烈部本来就是西部草原最强大的部落，加上札答兰的加盟如虎添翼，而且他们也是打有准备之战。纵使巴达尔图再顽强，也没能顶得住脱里汗的强攻。巴达尔图只能带着残部往铁木真这边边打边撤。塔林巴特尔和弟弟阿尔斯楞紧赶慢赶地没能堵击上铁木真，却遇到了巴达尔图。眼看着巴达尔图的队伍摆脱了脱里汗的包围圈，塔林巴特尔带着弟弟冲了出来。这使得本来就损失了大半的巴达尔图更是雪上加霜，仅有的小部众又被巴特尔给冲得七零八落，莫日根也被箭射伤，死命逃到班朱尼河处和铁木真会合了。真是惨啊，只是现在他们加在一起已剩下不到两百人，兵马粮草尽绝，处境很艰难。没有吃的，就剥野马的皮当锅；饿了，就煮野马肉当食。

至此，乞颜部和脱里汗彻底决裂了。我们朵鲁班部在接到可汗的命令后也是一路追赶了过来和他们会合。渐渐地，那些还没有来得及参加会战的部落，加上有些对克烈部不满的部落，还有因克烈部内讧的人也加入进来，铁木真的人马又有了两万多人了。

第十二章　反败为胜

虽然铁木真的人马又有两万多人了，但刚刚经历的这一切对人们的影响还是很大的，现在急需要的是稳定军心。以目前的两万人还不可以和王汗抗衡。脱里汗现在势头正猛，也不能现在就去拼个你死我活。而且，现在的队伍也很复杂，当务之急是把他们凝聚在一起，才有可能摆脱目前的困境。

铁木真和巴达尔图商量召开了一次全军大会，铁木真从自己九岁时父亲被杀开始讲起，讲了他怎样联合王汗、札木合打败了蔑儿乞人，抢回了妻子，还讲了自己因为念及旧情，不仅没杀札木合，还让王汗收留他，也讲到自己如何敬重王汗，把他当作自己的父亲看待……铁木真讲得滔滔不绝，从中午一直讲到了晚上。当他讲到"军心是铁，感召日月"时，只见寂静的天空中突然划过一道亮光，由远而近，停留在有一人多高的地方闪闪地发着耀眼的光芒，将士们都发出了惊呼。铁木真命三军将士去取那物,可谁也拿不到。铁木真亲自解开坐骑的肚带,摘下鎏金的钢盔,脱去厚厚的盔甲,跪在马鞍上,手捧黑色公马鬃做的衬垫举向空中,默默地祈祷着。这时,奇迹出现了,那闪光的物体缓缓地落入他的手中,原来是一枚金光闪闪的矛头。全体将士从震惊中回过神来,长跪以谢上天的恩赐。铁木真下令赶紧杀头羊用以祭祀,匆忙中有只羊蹄没有去掉。以后在铁木真的所有祭祀活动中都保留了这个传统,就为纪念那一刻。

第二天,铁木真让萨满教的巫师阔阔出用万只羊来祭祀天降神物,这是军心、民心的象征,也是他们最终能赢得胜利的象征,真是群情振奋。铁木真给它起了个名字叫"苏鲁德",并作为他的军徽,来号召天下。

人的一生说长不长说短也不短,会经历林林总总很多的大小事,但往往关键的就那几步。有的人能及时抓住,从而赢得先机,而有些人却浑浑噩噩,一错再错。铁木真就是在最关键的时候毫不手软,抢占先机。

对没志气的人,路程显得远;对斗志昂扬的人,天堑变通途。"苏鲁德"的事情很快在草原上传开了,铁木真更加赢得了人心。这件事对克烈部也产生了很大的冲击。他们的联盟本来就不牢固,各藏私心,只是为了眼前的利益才走到了一起。而克烈部内部本已矛盾重重。脱里汗的父亲在位时期,把克烈部分成四十个小部落,各不统属,分而治之。后来脱里汗背靠金朝,在他们的帮助下才把权力集中起来。这引起他的那些兄弟们的不满,只是害怕朝廷的势力才暂时隐忍的。现在乞颜部在萨满教阔阔出的帮助下,以上天和神灵的名义在号召大家,哈撒尔和脱里汗也决裂了,这让他们看到了机会。几个贵族私底下拉拢着心有不甘的札木合。札木合暗想,铁木真刚刚大伤元气,正是虚弱之时,而他自己怎会长久地投靠在脱里汗的麾下? 还不如早做打算。他不顾塔林巴特尔的劝告,一意孤行和那伙反叛

贵族策划了谋害脱里汗的阴谋，还没等计划实施，就被人告发了。脱里汗先发制人发动了进攻，札木合等一众根本敌不过，只能率部逃亡，投奔了西部的乃蛮部。正是这些混乱给乞颜部赢得了时机。他们休养生息，队伍不断壮大。而这时，王汗的部落里一些贵族和他的兄弟们不断给他施压，加上札木合的叛逃，都让他感到了威胁。他想：只有挑战金朝，对内可平息部族的不满，对外向人们展示我脱里汗的强大。急于摆脱困境的他，决定向金朝开战。

这一招是致命的。行军打仗，都应该有个由头、有个目的，你要让下属明白我们为什么而战。这是士气，是战斗力的保证。脱里汗自己身为金朝大将，又忽然向金朝宣战，这在下属的心里本就有疑虑。而且仅仅做出详细的部署还不够，还应该要做到知己知彼。可脱里汗就以这样一己私心，不明不白地向金朝开战了。那女真人可也不是软柿子，也是久经沙场的，打得南宋的军队丢盔卸甲，只是对草原的战绩不佳而已。这脱里汗不仅过高地估计了自己的实力，也小看了铁木真。他从没有考虑到如果自己的腹背受敌怎么办。那战局是怎样的发展呢？

这金朝大军虽从没有战胜过草原的部落，却打败了脱里汗的进攻。等到脱里汗带着残部狼狈逃回漠北草原时，已损失了大半的兵力。一步错，步步错。作为脱里汗，本应对乞颜部有所防范，可是他根本没有考虑到这个隐患。天上掉下来了馅饼，铁木真会不抓住吗？经过大半年的修整，铁木真认为时机已到。

这年的秋季，探子来报，脱里汗很是松懈，没有战斗的准备。铁木真集合部众，帐前动员。他和脱里汗联合作战了好几次，对其用兵很是了解。所以，铁木真要求他的先锋官不要急着去进攻，而是留着力量全力抵挡克烈人的第一和第二部众的出击，主攻放在第三路那里。因为王汗第三部众喜欢排着队横排作战，只要大量的人马一冲击，就会像一盘散沙没有了战斗力。中路一垮,敌方的战斗力就会削弱很多。而第四部众是王汗的卫队,只要再拿下他的卫队,那第一、第二部众就没有什么问题了。布置好战术后,他做起了动员:"我们在一年前被脱里汗打得亡命天涯,你们现在害怕吗?"

"不怕! 不怕!"

"好样的! 还记得我在班朱尼河前的誓言吗? 今天我再说一遍。打仗时,我若是率众脱逃,你们可以砍断我的双腿;战胜时,我若是把战利品揣进私囊,你们可以砍断我的双手。别因河深不渡河,别因困难不进取。如果有一天我建立了大业,定与你们同甘共苦! 如有违背,就如这河水。"

"我们拥护可汗。我们必胜!"

看着斗志昂扬的部下,铁木真也很激动:"在明亮的白昼要像雄狼一样深沉细心! 在黑暗的夜里,要像乌鸦一样有坚强的忍耐力! 现在,我们已经熬过了黑暗,就要向着白昼前进。"

"必胜,必胜。"

"我知道克烈部不好打。但他们现在正松懈着,而我打的是有准备之仗,首先就占了优势。其次,他们刚刚吃了败仗,人心不稳,军心涣散,正是出击的好时机。第三,他没有防备之心,这可是军家的大忌。我们现在拥有天时、地利、人和的优势。在我们'苏鲁德'的旗帜下,无往不胜。天助我也。"

"必胜,必胜,必胜!"

"好,出发。"

脱里汗本来是想着用一场胜利来巩固自己的地位,哪承想偷鸡不成反蚀一把米,真是亏大了。这时的脱里汗也没有什么好招了,只想着拉拢拉拢人心吧。这不,脱里汗正在举办着宴会呢,根本没有察觉到危险已经逼近。乞颜部这时突然向脱里汗发动了进攻。这如天降神兵般,把克烈部打懵了,根本来不及反应。巴达尔图带人打的中路,在冲散了脱里汗的第三部众后,他又包围了脱里汗的营帐。哈撒尔带着兵马会合到巴达

尔图这里来,就如个铁桶阵,里一圈外一圈地围着。从巴达尔图里一圈逃出来的克烈人,又被哈撒尔带人在外圈打得抱头鼠窜。这克烈部的强悍可不是吹出来的,就在这样被动的情况下,克烈人还是凭着顽强的斗志,保护着他们的王汗。激战了三天三夜,乞颜部才打败了王汗的第四部众,即脱里汗的卫队,也是他们最强的队伍。然后,巴达尔图和哈撒尔掉头,与他们的先锋官哲别会合,又全力合围了克烈部的第一、第二部众。这时,克烈部回天无力,完全溃败了。王汗趁着夜色和混乱的场面向乃蛮部逃去,到了乃蛮部的地界,被他们的探子发现了。脱里汗自报家门。那些探子一看,这个脏兮兮的糟老头子还敢说自己是王汗脱里汗?后被乃蛮人当作密探杀死了。而他的儿子桑昆在混战中也被杀。至此,乞颜部消灭了克烈部。

合兰真沙陀之战,经过铁木真的运筹帷幄,在如此困难的情况下反败为胜。这么经典的扭转谁能想得到呢?这是铁木真打的最艰苦的一场战役。铁木真胜在坚韧、果敢上,但同时对手的贪婪和分裂也成就了他,助他完成了统一草原的大业。机会总是给有准备的人,上天再次垂青于他。原本草原上三股强大的势力,都统一在他的"苏鲁德"旗帜下了。他把目光又瞄向了远在西北的乃蛮部,这是后话。

第十三章　名存实亡

　　战斗结束后，巴达尔图和莫日根回家时已经过去一年多了。可能是之前的弹尽粮绝对莫日根的冲击很大，他不再像以前那样没心没肺地喝酒、吃肉了，整天阴沉着脸，借酒消愁。而巴达尔图就平静很多，还和平时一样，按时去老太太的房里请安、聊天，应该是从小和铁木真在不儿罕山区的经历，练就了他的坚韧。

　　我忘记说一件事了，莫日根有了"遇客婚"。在他们逃亡的时候，有个叫乌吉斯格朗的姑娘救了他。因为我一直没有怀孕，他就收了乌吉斯格朗。他的阿妈过来和我说这件事情的时候，我很平静。这样更好，我也解脱了。他们家人看我没有意见，就欢天喜地把乌吉斯格朗接了回来，那时他们的孩子已经两个月大了。以后，莫日根也不来骚扰我了。我就更加深居简出，慢慢地，就快被人遗忘了。

　　"萨日，我听下人们都在议论，这次你公公巴达尔图可算是救了铁木真了。"

"是吗？"

"他带着莫日根拼死找到了可汗，莫日根也受了重伤。"

"唉，战争谁也说不清楚。铁木真那样英勇的人也有受难的时候。"

"可不是嘛，好在吉人自有天相。"

"是啊。我们朵鲁班，没什么损失吧？"

"是呀，你大哥是最先到达班朱尼河的，护驾有功啊。"

"各为其主吧。大哥也不容易，他要为整个朵鲁班着想。"

"真想他们了。听说你嫂子都有三个孩子了。"

"真的呀，哪天抽得了空，我们去朵鲁班看看。"

"萨日，你看莫日根是在不得已的情况下才娶了乌吉斯格朗。别往心里去啊。"

"奶妈，您放心，这点我还是明白的。您老就别操心了。"

"唉，我的乖孩子受委屈了。"

乌吉斯格朗的突然来访，出乎我的意料。那天，她抱着孩子走进了我的蒙古包。

"姐姐，我应该早点儿过来看你的。"

"不客气。你看孩子还小，能理解的。奶妈，快把那个金锁拿来。我也没有什么好东西送给孩子，不要嫌弃。"

"姐姐，看您说的。谢谢你了。"我把金锁给孩子戴上。

"姐姐不会怪我吧？"

"怎么会呢？你能给巴达尔图家带来一个孙子，高兴还来不及呢！"

"谢谢姐姐的宽宏大量。"

"也谢谢你救了莫日根呀。"

"那没什么的。那天脱里汗带领人就快追到莫日根和他父亲巴达尔图了，公公巴达尔图就让莫日根和他分开跑。莫日根往我部落这边过来了。那天，我正好准备出去遛马呢，就远远地看见一个人拼命地在跑。莫日根看见我就让我帮他。后来我把他藏在我家的一堆羊毛里了,骗过了脱里汗。"

"哦,那后来呢?"

"脱里汗他们走后,我才看见莫日根受了箭伤。我阿爸简单地给他上了些伤药,替他包扎,他就要急着去找巴达尔图。那时他也不能走啊,我就让弟弟把巴达尔图他们找回来了。那时他们真的是很狼狈。听莫日根说,他们好几天就吃了一点儿奶酪和一小块的肉干。巴达尔图都没怎么吃,省着给了莫日根和那些部下。他们在我家住了一晚,也不敢久留,还急着找铁木真会合。我阿爸给他们准备了些食物和水,他们就去找铁木真了。"

"那莫日根后来去找你的?"

"是的,他受了伤。找到铁木真后,那边情况更不好。所以,巴达尔图就让莫日根又回到我这里养伤。我们就这样在一起了。"

"没事,妹妹。你们这是上天的安排呀。"

"姐姐真是好人,谢谢你。"

"你家里还有些什么人呀?"

"我的阿妈已经去世了。家里还有弟弟和阿爸。"

"哦,你还算幸运的。"

"姐姐怎么讲?"

"我都没有见过阿妈,阿妈很早就去世了。"

"哦,那姐姐的阿爸呢?"

"他在我十岁时也去世了。"

"哦,姐姐真可怜。"

"没事。我有爱我的两个哥哥和奶妈。孩子真可爱,起名字了吗?"

"还没有呢。公公巴达尔图想让老太太起,老太太又让巴达尔图起。这不,巴达尔图这几天有事在忙,也没有空呢。"

"哈哈,那就先叫虎虎,虎头虎脑好养。奶妈你说是吗?"

"是,萨日。"奶妈笑着看着我。

"姐姐,我要回去了。谢谢你的礼物。"

"看你说的,以后有空就过来坐坐。"

"嗯,孩子睡着了。我过去了,有空会来看姐姐的。"

看着孩子那可爱的脸庞,我真是感慨万千。按常理,看见莫日根和别人的孩子我应该嫉妒、仇恨才对。可内心怎么也恨不起来,升起的就是万般的母爱。孩子那粉嘟嘟的小脸真想去亲一口。

没想到的是,过了几天,莫日根喝得东倒西歪地出现在我的毡包里:"我来是想看看你给乌吉斯格朗灌了什么迷魂汤。"看着他那醉醺醺的模样,我也懒得理他,就让奶妈去拿碗酸马奶给他喝。他手一挥,酸马奶洒了一地。我生气地瞪了他一眼。

"你干吗这样看着我?现在乌吉斯格朗不让我住她那里,非赶我过来不可,你满意了吧?"

"谁让你过来了?我也没有请你。"

"你还嘴硬?不下蛋的母鸡还敢嘴硬?乌吉斯格朗哪都比你好,还给我生了个大胖小子。我就天天住她那,看你能怎样!"

"我不想怎样,你不来骚扰我,我还巴不得呢。"

"你这臭婆娘,真敢顶嘴了,看我不打死你!"他动手就撕扯我的衣服。看我挣扎,一拳就打在我的脸上。奶妈一看,就拼命地护着我,拳头都落在了奶妈身上。我急了,死命地拉着他。场面乱成了一团。老太太那边听到了动静,全都赶了过来,命令巴达尔图把莫日根带走了。走时,莫日根一直骂骂咧咧。

"萨日其其格,不要怪莫日根,他是酒喝多了。等到明天我让他来给你赔罪。"

"老奶奶,没事的。"

"乌吉斯格朗,你知道是怎么回事吗?"

"回奶奶,我是劝莫日根来看看姐姐。姐姐一个人也怪孤单的。"

"你是个懂事的孩子,好好带好我的重孙。快回去照顾好孩子吧。"

"是。"

"唉,这个莫日根下手也太狠了,看你眼睛都肿了。快去请大夫来看看。其他的人没事就回去休息吧。"

"奶妈,您也回去吧,我没事的。"

"嗯,好孩子,委屈你了。"

第二天,我的眼睛肿得更厉害了,都眯成了一条缝。直到半个月后,那乌青才消退了。奶妈也被打得不轻,腰疼了好久。莫日根本来就臂力过人,加上又喝了酒使蛮劲。唉,奶妈跟着我也受这罪。

自从这件事后,乌吉斯格朗再未踏进我的蒙古包。莫日根更是,避我还来不及呢。这以后发生了一件事,将我推向了深渊。

凡事都有因有果的,我们还是先说说这事的起因吧。虽然乞颜部打败了草原上所有的对手,但还是有一部分力量逃到了与蒙古部接壤的突厥乃蛮部。这乃蛮部早在蒙古部落混战时期就已经强大起来,地大民众,而且势力雄厚,人们安居乐业。他们的君主封号太阳汗,象征着乃蛮是太阳的部落。部落规定,每一任的君王必须沿袭这个封号,不可更改。他们制定了一套行之有效的管理办法,是那时西部地区最发达的部落了。所以,一些战败的贵族或不服从乞颜部领导的部落就纷纷投到了太阳汗的名下。哈撒尔看得真真儿的,这乃蛮部对蒙古迟都是个威胁,是心头大患,所以他就建议攻打乃蛮部。就这样,乞颜部没有懈怠,一直在悄悄地准备着与乃蛮的战争。

巧合的是,到乞颜部掌控蒙古草原的时候,乃蛮部正是衰退之时。这时的太阳汗是个昏聩之君。他骄横跋扈,狂妄自大。一个国家的衰亡,往往伴随着美女的搅局,所以有"自古红颜

多祸水"之说。这时还真有个叫古儿别速的女人，搅动着乃蛮部。她是现任太阳汗父亲的王妃，长得非常漂亮，舞也跳得好，深得老太阳汗亦难察别勒格的宠爱。亦难察别勒格死后，他的两个儿子一个叫拜不花，一个叫布亦鲁黑，开始争夺古儿别速。最终，拜不花赢得了王位和古儿别速，布亦鲁黑则带着人马离开了乃蛮部，越过阿尔泰山向北建立了北乃蛮。为了这个女人，强大的乃蛮部分裂成南北两部。女人得来不易，又是那样的漂亮，那昏聩的太阳汗便不知道怎么疼她好了，于是不仅让古儿别速参政干政，而且对她言听计从，从不反对。

一天，探子来报，说杀了一个自称是王汗脱里汗的奸细。太阳汗还没有开口呢，那古儿别速就下令："把人头给我提来。"等到士兵拿着脱里汗的人头走进来时，太阳汗命人叫来了已投靠过来的札木合辨认。当确认是脱里汗本人时，太阳汗这才知道杀错了人。于是赶紧补救，他下令用纯银打造了王汗的头颅，准备厚葬。可古儿别速这时说："为了这么个死人，你竟然用银子为他制作头颅，你不怕他阴魂不散啊？"那太阳汗一听爱妃这样说，就下令打碎了王汗的银头骨。他的这些做法在下属看来，是那么的荒诞不经，又残忍残暴、离心离德啊！札木合看在眼里，兔死狐悲，只能仰天长叹："宿命啊，宿命！老太阳汗亦难察别勒格不仅下令造字，而且把一个乃蛮部治理的强大无比。本想着可以依靠太阳汗的力量，助我一臂之力。这下可好，只怕是乃蛮也要葬送在铁木真手里了。"这时的札木合已经决定找个时机离开乃蛮部了。

到了1204年，铁木真大封功臣，开创了军政合一的千户制，先后任命了一批千户官、万户官和宗室诸王，建立了一个层层隶属、指挥灵活、便于统治、能征善战的军政组织，巩固了他的政权，也更得到了民心。看时机成熟，他们向乃蛮部进发了。铁木真让部队集合于哈拉哈河畔的克烈帖该合答，命哈撒尔挑选了千名勇士，组成先头部队，在阴历四月十六日祭旗出师。

第十四章　扫清障碍

经过一系列的军政改革，铁木真将一支以前作战没有章法的部队，打造成现如今军纪严明、奖惩有度、作风顽强的铁甲部队。他们的实力大大增强，作战能力也大幅提升。

这夜，沿着克鲁伦河西上，哲别、忽必来为先锋，带领先锋部队最先到达了撒阿里可额尔，与乃蛮部的哨兵相遇。哲别和忽必来打散了乃蛮人，因为还不熟悉地形，就没有追击。他们先安顿下来，等着铁木真的大部队。有几个哨兵逃回了乃蛮，向太阳汗报告了情况。太阳汗一看，他们俘获的乞颜部的战马因为长途奔袭而瘦弱不堪，便想着乘胜追击呢。这时哨兵再报，蒙古兵就像天上的星星一样多。太阳汗犹豫了，想等探明情况再出击。他想：反正是蒙古来犯，我是以逸待劳，比他们占有优势。可惜，太阳汗中了铁木真的疑兵之计，错失了最佳战机，失败也就在所难免了。

原来，蒙古大部队到了撒阿里可额尔后，确实

如太阳汗看见的那样,战马瘦弱,人员也疲惫不堪,此时如果乃蛮人出击定对乞颜部不利。我的大哥巴根就和铁木真进言:"我们人少,又长途跋涉、人马困乏。当务之急,是先要把人马休养好才能出击。但太阳汗他们可能不给我们这个机会,一旦开战对我军不利。"

"嗯,很有道理。我还有个顾虑。这里的地形比较复杂,我看先派哲别忽必来去探探。怎样才能争取到时间,你们都说说看。"

朵代车儿毕力格说道:"我有个办法。让每人在晚上各烧火五处,他们人虽多,但其主软弱,必定生疑,不敢出击。此法可奏效。"铁木真一听是个好办法,即刻下令,让每人点五个火把。就这样,太阳汗上了当,铁木真巧妙地赢得了战机。

可毕竟蒙古人的大兵压境,太阳汗也不会坐以待毙。他升帐准备和蒙古人作战。

古儿别速又插言了:"蒙古人有什么了不起的?他们是身上带着臭味的劣等民族,怎么能和我们乃蛮部人比。"

"古儿别速王妃说得是,那就恳请王妃带兵去攻打蒙古人吧。"这时太阳汗的儿子古出鲁格建议道。

"我也赞同由古儿别速王妃带兵打仗。早就听说了王妃非凡的军事才能。"大将豁里速别赤也建言。

其实,他们心里早就憋着气,想把这个王妃借机除掉。

看着心爱的古儿别速脸上的愠色,太阳汗连忙打断说:"那不成。我怎么能让古儿别速带兵呢?她一个娇弱的小女子。"

"谁说我不行了?我倒要带兵给你们看看。"

"好,我豁里速别赤保证鞍前马后地跟随着王妃。"

"行了,都别争了。我一个堂堂的太阳汗,让一个弱女子带兵,岂不是让人笑话?我亲自带队出征。"

"那我也要随营。让那些看不起我的人好好瞧瞧。"

"好的,都听你的,我的王妃。"这个后妃古儿别速可是草原第一美女,太阳汗怎么舍得让她出战。但他们还是太盲目自大了,低估了铁木真的实力。

太阳汗亲自带着五万人自合赤儿水出发,到达纳忽昆山的东边遇到了乞颜部。而蒙古兵在得到休整后已做好了充分准备,巴达尔图率队打先锋,哈撒儿指挥主力军(中路),斡赤金和我大哥掌管后援之军马。铁木真手下哲别、忽必来、者勒蔑、速不台四员大将从中路和兀鲁兀惕与忙忽惕则两翼包抄,一直把乃蛮人逼到了在纳忽昆的大本营。太阳汗这时已经惊恐万状,看到蒙古人攻势之猛烈,他越发不敢迎战了,赶紧找来投靠在他这里的札木合询问情况。札木合其实也没有想到,如今的乞颜部已经强大到无法与之抗衡了。他看出太阳汗的软弱和无能,大势已去矣,就用草原的谚语对太阳汗警示,危言恫吓,太阳汗更是不敢迎战了。乃蛮部被蒙古军步步紧逼至陡峭的山谷里,坠崖死伤者不计其数。而札木合根本就没有参战,还派儿子阿尔斯楞告诉铁木真:乃蛮人已经没有斗志,太阳汗不堪一击。他带着札答兰的旧部又往西夏国逃去。

这乃蛮部因为远离战场,许久都没有打仗了。不像蒙古人,几乎是连年征战,他们哪里是蒙古人的对手。第二天,乃蛮人有大半投降了。太阳汗率领豁里速别赤做最后的挣扎。太阳汗这时捍卫了他的尊严,受重伤而死。大将豁里速别赤顽强地抵抗到最后一刻阵亡。蒙古人俘获了古尔别速和大臣塔塔统阿。因爱惜塔塔统阿的治理才能,铁木真让他辅助左右。太阳汗之子古出鲁格逃到北部乃蛮,投奔了他的叔叔布亦鲁黑汗。至此,南部乃蛮被蒙古人全部占领了。

这时到了冬季,铁木真下令就地休养。等到第二年的春天,他们越过阿尔泰山,向着北乃蛮发动了猛烈的进攻。在布拉格山区,他们俘获了布亦鲁黑汗,蒙古人横扫了乃蛮部,为大蒙古国的建立扫除了最后的障碍。

第十四章　扫清障碍

第十五章　跌入深渊

　　等到铁木真带着大军回到呼伦贝尔的时候，已经是第二年的夏天了。从这时起，他开始着手准备建立国家。这也标志着蒙古草原几代人的相互征伐终于结束，近百个部落都统一在他的"苏鲁德"旗下，共享一片蓝天。

　　铁木真规定，蒙古汗国的土地归国家所有，土地分配的最高权属于大汗。实行千户制后，他的军事、政治得到了集中，这也从征服乃蛮人的战斗里得到了体现。后来，在塔塔统阿的建议下，蒙古汗国实行了分封制。共分九十五个千户，以千户官为基础，千户长平时掌管着所辖范围内的土地和人民，战时则为指挥。同时，对那些有特殊贡献之人也实行了分封，共有八十八人得到了分封。我大哥巴根分到二千户，二哥阿古达木得到了一千户的分封。接着，他又着手扩建怯薛军（由大汗直接指挥的护卫军），由原来的一百五十人扩充到一万人，包括精选出来的一千名宿卫、八千名散班和一千名箭筒士。这支部队被称作中央万户(大中军),分四班轮流看护守卫。这些人员都从万户侯、千户侯、百户侯的子民中挑选,主要职责是护卫大汗的金帐,在战时作为勇士由大汗亲自统领,分管汗廷的各种事务,所以怯薛军既是大汗的常备军队又能替他管理日常的事务,既可以维护汗权又可巩固新生国家的安全,防止旧贵族复仇。一个中枢集权就这样诞生了。这些都使成吉思汗对塔塔统阿的才能更加看重,他把塔塔统阿的儿子额尔德木图派给巴达尔图,让他来辅助巴达尔图进行管理。

我第一次见到额尔德木图是在家里的那场宴会上。自从征服乃蛮人后,大汗给了巴达尔图很多的封赏,所以那场家宴也很隆重,我不得不参加。也是在那次的宴会上,我第一次见到了萨满巫师阔阔出。这两个人给我的第一印象太深刻了,就是个对比。额尔德木图看上去敦厚,英气逼人,目光清澈、深邃;而阔阔出让人感觉就比较阴暗,瘦瘦的脸颊,那鹰一般的眼神就使你对他敬而远之了。可能是看到大家都很高兴,巴达尔图就让我唱首赞歌给大家助兴。这样的情况下,我也不好推辞。

那熊熊燃烧的烈火啊,
你有穿透大地的温暖,
你有深入云端的浓烟。
我用烈酒来祭奠你,
我用金银来装扮你。
孛儿只斤"黄金家族"的火呀,
养育了这几位圣贤:
铁木真、哈撒尔、别勒古台、合赤温、帖木格。
让它的温暖,
连绵千年,

薪火相传。

"好，好！果然是名不虚传。你用美妙的歌声，盛赞了我们孛儿只斤家族，我要感谢你。"铁木真高兴得赞赏道，"来，大家喝干这一杯！"

"这位是——"阔阔出忽闪着他那小眼睛。

"哦，她是我儿莫日根的媳妇萨日其其格。她的哥哥就是朵鲁班的巴根首领。"

"哦，原来是这样啊。我说呢。"

"各位长辈，容我退下了。"看着阔阔出那鹰一样的眼睛，我很不舒服。

"去吧。来，我们干杯！"巴达尔图说。

没想到就是这次见面，让阔阔出记住了我。后来听额尔德木图说，他找到了巴达尔图，说我因为生在满月之日，又使母亲血崩而亡，实属不祥之人。从此以后，我再也没有在众人面前出现的机会了。

现在说说阔阔出其人。他是泰赤乌人，是哈撒尔从战场上捡回来的无家可归的孩子。哈撒尔把孩子交给他的母亲诃额仑夫人抚养，是她的养子。后来成为我们那里非常有名的萨满教巫师，被尊为"帖卜·滕格里"，他一直追随大汗南征北战。蒙古民族自古崇奉萨满教。这次回师后，铁木真还特别设立了"别乞"这一职务，就由阔阔出担任。他知道，铁木真日后必定能成大统。哈撒尔对阔阔出也很信任，每到有重要决策的时候，在军中开会前，阔阔出都会举行隆重的祭祀长生天的仪式，并占卜结果。在斡难河源召开的大会上，他又以"腾格里"的名义，否定了大家提议的"古尔汗"的称号，改定为"成吉思汗"（辽阔的海洋之意）。所以，阔阔出不仅在萨满教里地位至尊，在乞颜部也是非常得宠的，慢慢地难免会心高气傲起来。这次铁木真封他为"别乞"，并没有使他感到满意，因为成吉思汗采取的这种集权方针，慢慢地剥夺了萨满教"参政议政"的资格。而那些王公大臣得到那么多封地等奖赏，看得他是既羡慕又嫉妒。他因贪婪而扭曲了灵魂，因被尊崇而盲目自大。哈撒尔看出了他的野心。可生性刚直的哈撒尔是不会隐忍的，但又没有心机，哪是他的对手？就这样，哈撒尔经常和阔阔出发生冲突，产生了尖锐的矛盾。而阔阔出就利用一切机会，无中生有，挑拨巴达尔图和哈撒尔的关系。这时发生的一件事，加剧了他们的矛盾，那就是札木合的死。

　　成吉思汗在纳忽昆消灭南部乃蛮前，札木合带着部下就逃往西夏国了。有部分部众没有跟着他，而是中途悄悄地留在了蒙古草原，这其中包括他的两个儿子塔林巴特尔和阿尔斯楞。塔林巴特尔是因为长期和自己的父亲意见不合，怎么也走不到一起了。特别是在乃蛮部的这些日子里，接触到塔塔统阿和额尔德木图，这给他打开了一扇窗，使原本一些模糊的想法，越来越清晰；阿尔斯楞却是在一群早已对札木合失去信心的贵族的怂恿下，趁着去给铁木真报信的档口，留了下来，札木合的夫人早在克烈部王汗灭亡的时期就已病死。札木合看着自己众叛亲离，想想以前的辉煌，他那暴躁的脾气不但没有好转，反而变本加厉了。这时跟着他的几个随从就商量着，等他睡着的时候把他绑起来。这让他暴跳如雷，破口大骂。那几个随从一不做二不休，干脆给送到哈撒尔这里了。

　　哈撒尔看着眼前昔日的兄弟，现在变成这副模样也是很难过的。"札木合啊札木合，你我变成现在的局面，又是谁能想得到呢？"他走到札木合的面前，亲自解开了绑着他的绳子，"来，我们坐下喝一杯。"

　　"免了。我是宁愿站着死，也不会跪着生的。"

　　"你我兄弟一场，就不能再像以前一样一个锅里吃饭、一个被里睡觉了？"

　　"是呀，如果我活了下来，你晚上是睡不着觉的。"

"为什么？"

"我就像是藏在你衣领里的针，迟早会扎到你。"

"我们就不能回到从前？你是那样诚心诚意地帮着我们乞颜部。"

"就像河水不能倒流。"

"札木合啊，你可知道我有多忧伤？"

"上天选择了你们，我认命。"

"还记得小时候，我们住在你札答兰部。我们一同骑马，一起吃饭，睡在同一个帐篷中，共盖同一张毛毡。"

"我们一个是靠山扎营，一个是临水而居。"（这是个隐喻：靠山者，牧马，为贵族；临水者，牧羊，意为平民）

"这就是你为什么帮我们的原因？在太阳汗那，你不但用草原的谚语威胁着他，使他不敢进攻，还派人密报给我们消息。"

"那是因为，我实在看不惯太阳汗的懦弱和不堪一击。如果你还念我们兄弟一场，那就赐我以不流血的方式快快死去。"

"你就这样的决绝？"

"我意已决。"

"来人，把那五个叛徒速速问斩。"盛怒下，哈撒尔杀死了那五个绑札木合的随从，心里那个恨啊。

"还有什么要说的吗？"哈撒尔无可奈何地看着札木合。

"我儿塔林巴特尔一直劝我不要与你们为敌，某些方面他和你很像。如果有一天他落在你手里，请不要为难他。"

"我答应你。"

"你赐我这样的死亡方式我很感激。我会在高高的山巅为你的世世代代守护。"

大汗最终无奈赐了他草原最高的死亡方式：将人倒挂起来，四肢用绳子绑在木架上。脖子上套了绳子套的活结，而绳子的另一端绑着巨石。随着人的倒倾，巨石落下，打着活结的绳子便紧紧勒住了人的脖子，瞬间气绝。人不流一滴血——札木合以这种方式结束了自己的生命，这件事就像一根针扎在了哈撒尔的心里，而不是在衣领上。哈撒尔想不明白，昔日的好兄弟竟是那样决绝而去，给他留下了挥之不去的阴影。

1206年，铁木真建立大蒙古国，被推举为成吉思汗。汗国建立之时，由阔阔出主持全部的登基大典。至此，一个新的国家诞生了，铁木真完成了他的统一大业。

第十五章　跌入深渊

第十六章　重燃希望

完成登基后,成吉思汗开始重用塔塔统阿,因为他是乃蛮部的国傅,有着很丰富的治国经验。他命塔塔统阿用畏兀儿字拼写蒙古语,再创造了蒙古文字,并教诸王子、大臣学习使用。成吉思汗把这蒙古文字定为国文。接下来,又建立的千户侯和分封制,使权力更集中,同时也理顺了层层的阶级关系,管理起来更为容易了,国力得到大幅提升。这时,他命塔塔统阿用蒙古文记录了以前只是口耳相传的军令、法令,颁布了《大扎撒》(即《成吉思汗法典》),建立了一套以蒙古贵族为主体的共和政体制度。至此,一套完整的国家体系已经建立起来。而这时,蒙古人的铁蹄开始踏向了西夏国。1207 年,蒙古大军第二次攻打西夏。

铁木真的四个兄弟都骁勇善战,但不同的是,只有他不但善战还比较睿智。他能看见自己的不足,知道应该怎样来弥补。他手下的四杰、四勇、四弟帮着驰骋沙场;他重用塔塔统阿,完成了建立国家的一系列政策制度。而巴达尔图就不同了,他那粗犷的性格一直影响着他一条路走到黑。额尔德木图是从乃蛮部过来的,一直跟着父亲塔塔统阿学习,有着丰富的管理经验。大汗派其过来辅助,可巴达尔图只是把他晾在那里,每天只是喝喝酒聊聊天,什么也不用他做。这不,要西征了,他才想起让额尔德木图留在家中教大家学习蒙古文字。之前因为老太太已经派人过来通报了,所以我不必过去请安了。再说,我也懒得和他们在一起,就和奶妈在自己的房中做事情,尽量不和别人见面。

这天又到了我的生日,那天仍是满月。看着高高挂着的月亮,我心中升起莫名的惆怅,思念起儿时的故乡。那时是多么快乐,多么令人神往,还有令我终生难忘的塔林巴特尔。我情不自禁地唱起歌来:

　　　　蓝蓝的天㖢,
　　　　白白的云,
　　　　我和阿爸来放羊。
　　　　牛羊肥㖢马儿壮,
　　　　幸福的生活像蜜糖。

唱完我已泪流满面,悲从中来,不能自已。

"小萨日,我的好孩子,别太伤心了,奶妈会一直陪着你。"奶妈坐到了我的身边,搂着我。

"奶妈……"

"孩子呀,别太在意别人怎么说怎么看你。"

"可是奶妈,我就是不明白,我真的是被诅咒了吗?如果真是那样,我宁愿没有出生啊。"

奶妈给我擦掉眼泪:"你别听别人瞎说啊,他们私下的议论都是在乱说呢。"

"奶妈,您看现在把我们的蒙古包挪到了最边的角落,现

在连请安都不用了。我还不明白他们是怎么想的吗？"

"唉，要是你这样善良的孩子也会被诅咒，那苍天可不公平了。"

"那天在宴会上看见阔阔出，我的心里就不舒服，总感觉要出事。"

老人家扶起我，看着我坚定地说道："孩子啊，别管他了。我们过我们的日子。乖，听话。"

第二天，额尔德木图在外面叫门，令人十分意外。

"我听见昨晚你唱的歌了，能告诉我你是怎么知道这首歌的吗？"

"那是我小时候编的歌。昨天是我的生日，不自觉地就唱了起来。"

"你认识塔林巴特尔？"我被怔住了，不敢相信自己的耳朵。奶妈也吃了一惊。

"你是怎么知道塔林巴特尔的？"

额尔德木图眼里放着光，他急切地告诉我："是这样。当年札木合带部投靠了太阳汗，因我阿爸是太阳汗的国傅，我也经去那里，就和塔林巴特尔认识了。接触了几次后，我感觉他和他的父亲不同。人很稳重厚道，有思想，有抱负，我们很投缘，就结了安答。"

"你是塔林巴特尔的安答？"真让人意外。谁说老天不厚待我。

"是的，在乃蛮的时候，我们经常在一起聊天。有时候，他不知不觉地就唱这首歌。听多了，我很奇怪，就问他缘由。他只告诉我说是个叫萨日的小女孩唱的。大哥没往下说，我也不好细问。但我知道这里面肯定是有故事的。那天在宴会上，巴达尔图叫你萨日其其格，我就想，会不会是你，但又觉得不会有这么巧的事。我又不甘心，所以就格外注意你。那天，我听到阔阔出和巴达尔图说你是不祥之人，巴达尔图很是气愤，以后就再没见到过你。我借着教他们认字的时机，慢慢打听你的住处，就寻着找过来了。正巧昨晚在你门前晃悠，让我听到了你的歌，越想越觉得有可能是你，就找了借口过来了。"

"我的家人都叫我萨日。塔林巴特尔现在在哪？你有他的消息吗？"终于看见了一线曙光。

可额尔德木图摇着头，深深地叹了口气："大哥现在的情况我也不知道。但他告诉我，那次巴达尔图灭了泰赤乌，他的妻子正好回了娘家，被巴达尔图给杀了。他说他认命，天意难违。札木合被推举为古尔汗后，塔林巴特尔就一直不主张与铁木真为敌，而是要力争自己的一片天地。但札木合听不进去，也可能是为了给那些推举的人一个交代，就向乞颜部开战了。结果你是知道的。自从札木合归顺王汗后，塔林巴特尔就一直劝他阿爸好好地辅助脱里汗，不要参与克烈部的内部纷争。可札木合不甘心这样的结果，对塔林巴特尔越来越不耐烦，对他的弟弟阿尔斯楞的主张却是言听计从，最终参与了谋害脱里汗的行动。失败后，他们逃到了我们乃蛮部。他母亲在逃亡中也病死了。"

"唉，世事难料啊。这之后呢？塔林巴特尔去哪了？"

"本来，我们乃蛮部在老太阳汗亦难察别勒时期很是繁荣，建立商贸关系，建造我们自己的文字，国库也很充裕。所以吸引了草原上里很多部落来投靠。可到了我们现任的拜不花太阳汗，他却一心迷恋着古儿别速王妃，对她言听计从，疏于朝政。最要命的是，王妃还干政。我的父亲多次提醒他，他也不以为然。后来，我父亲干脆什么也不说了，说了没用啊，还会引火烧身。这不仅是我父亲一个人的看法，整个乃蛮的王公贵族谁人不知啊！可都没有办法，大家都敢怒不敢言。你想，这样的情形怎么能打好仗？我和塔林大哥私下里也多次谈到，乃蛮这样下去是很危险的。札木合寄希望于乃蛮的梦想是不会实现的。塔林大哥那时就准备着离开了。当蒙古人打过来的时候，

第十六章　重燃希望

099

我们的太阳汗果然十分懦弱，还没开战就显败象。札木合也看到了这点，知道太阳汗不能帮他复兴，就又要逃亡西夏国。塔林巴特尔坚决不同意，他悄悄地带了部下逃走了。这次阿尔斯楞倒是和大哥出奇的一致，没有跟随自己的父亲逃亡西夏。至于去了哪里，我也不知道。他说草原那么大，哪儿都是他的家。"

"草原那么大，哪儿都是我们的家。"这句话一下子把我拉到了我们逃婚时的那一幕。恐惧、失望、担心、心痛一起向我袭来，我晕了过去。

我怎么不心疼塔林巴特尔？本来他是雄霸一方的札答兰首领的儿子，乞颜部那时还是依靠他们从弱小到强大的。而眼下的结局却是他没有了家园，到处逃亡。这是谁能料到的呢？老天爷让你三更死就活不到五更，这都是命啊！

后来听奶妈说，她告诉了额尔德木图我和塔林巴特尔的事，额尔德木图也是唏嘘不已。他答应奶妈，只要有机会就会来看我。

塔林巴特尔在我的心里就是片禁地，我把他藏起来，不轻易触碰，也不敢触碰。这样自欺欺人的生活倒也过得平顺。可现在听到他的消息，我再难回到从前的平静了，我又变得焦躁不安起来。

好在额尔德木图借口向我传授蒙古文知识，尽量找机会接近我们。他的每次到来，都给我些许的安慰，看见他就像是见到塔林巴特尔一样。特别是他告诉我，在乃蛮的时候，他也教会了塔林巴特尔认字，我就更加努力地想学好这些文字了。我私下里抽空给塔林巴特尔做了个蓝色的鼻烟壶褡裢，绣的是云纹图案。

"谢谢你，塔林巴特尔大哥最喜欢蓝色了。我看他身边就带着一个。"

"是乌力吉的图案吗？"

"是呀。"我的巴特尔一直没有忘记我,我心里荡起了层层涟漪。

"自从听说你和我安答的事情后,我就一直在暗中找他,为你,也为了我的好安答。"

"谢谢你,额尔德木图。"黑暗中又透出一线光亮。

在额尔德木图耐心的指导下,我很快学会了写蒙古文字。这些日子,才让我感觉自己还活着,那麻木的心有了丝光亮。额尔德木图教得很用心,他就和他的安答一样,纯朴、厚重。我们都小心地避免着塔林巴特尔的话题,他是怕我伤心,而我是根本不敢提及。额尔德木图看我学得很快,也认识了不少字,考虑到他这样经常过来怕引起别人的怀疑,我们就约定,让奶妈每过两天找他拿些我需要学习的文字,然后他再找个理由过来辅导。

这天,奶妈如约去取来东西。我激动地念给奶妈听,"萨日其其格,我有大哥的消息了。是这样,我阿爸接到乃蛮老部下的一封信,说是有人看见我们乃蛮人悄悄地去投靠了札答兰人,在帖尼火鲁罕附近。我已向阿爸保证,说大哥绝不会联合其他旧贵族谋反的,请他不要上报大汗,我阿爸答应了。等我联系到他们后,再来告诉你情况。"

"奶妈,我的好奶妈,有消息了。"

"我的好孩子,吉人自有天相。"

我一遍又一遍地看着这封信,就像能从中看出塔林巴特尔一样。晚上睡觉的时候,我也把它放在我的枕边,感受着温暖。

自从接到这封信开始,每一分每一秒我都是数着过来的。度日如年呀!好不容易熬到两天后,我又接到了信:"对不起,萨日。还没有消息,耐心等待。"

这天晚上,我做了个梦,梦见塔林巴特尔在一个山洞里被巴达尔图捉住,他正要提刀砍下塔林巴特尔的脑袋,塔林巴特

尔这时看见了我,就拼命地挣扎让我快跑。而我想去救他,但脚下生根一样动弹不得,怎么跑也跑不动,一下子就被吓醒了。那晚我一夜无眠。

好不容易熬到了额尔德木图上门的日子。

"萨日,我去了阿爸信上说的地方,却没有找到大哥。"

"怎么会呢?会不会出什么事情了?"

"应该没有。我去附近打听了,他们没有看见有人打仗的,也没有看见有人在附近。"

"哦,那就好。会不会不是塔林巴特尔?"

"也有这种可能。但信上说的是札答兰人。如果不是大哥,那就是阿尔斯楞了。但我想,我们的人去投靠阿尔斯楞的可能性不大。"

"哦,为什么?"

"因为在乃蛮部的时候,大家对大哥的人品都很认可。而阿尔斯楞就不行了,很多人不太喜欢他。所以,要去投靠的肯定是大哥。我对乃蛮人还是了解的。"

"哦,那按你的推测,如果他们投靠的是札答兰部的话,肯定是塔林巴特尔?"

"十有八九是这样的。"

"那我就放心了。"

"萨日放心,我会继续寻找的。"

"可塔林巴特尔会去哪儿呢?"

"我猜测是不是被什么人发现了,我们乃蛮人给阿爸的信上说是去投靠的,那就说明人还蛮多的。或者就是大哥带着部众转移了。"

看到我失望得说不出话来,额尔德木图又说:"别急,我已有意无意地在乃蛮人中散布我在巴达尔图手下做事的消息。如果他们投靠的札答兰人是大哥的话,就会让他知道我的消息,大哥会主动联系我的。还有,我派了几个靠得住的人一直在找大哥呢，会有结果的。"其实我是既失望又开心，最起码塔林巴特尔还活着。

而这时，巴达尔图家出事了。事情的起因是巫师阔阔出趁巴达尔图去攻打西夏国的当口，在背后到处散布巴达尔图将取代成吉思汗的谣言，并且他说，已得到神的旨意，先让成吉思汗统治一次国家，然后让巴达尔图再统治一次万民。蒙古民众本就信奉萨满教，谣言一下子就散布开来，很快传到了哈撒尔那里。本来这段时间巴达尔图的勇猛作战使其威信提高了不少，加上前段时间阔阔出不停地在哈撒尔面前进谗言，想到札木合就像是亲兄弟最终还是选择离他而去，哈撒尔终于爆发了，他连夜带着怯薛军去了巴达尔图军营，决定除掉他。这时，有个怯薛军偷偷跑去给诃额仑夫人报信，等到老太太赶到巴达尔图驻地的时候，巴达尔图已被五花大绑地吊了起来，哈撒尔正在审问呢。

诃额仑夫人见状非常生气，训斥了哈撒尔。她讲述了流传在蒙古草原上的一个古老的故事：蒙古先人阿兰忽阿老母独自一人养育着五个孩子，生活异常艰难。儿子间经常为一些小事发生矛盾。这天，阿兰忽阿老母让大家吃饱后坐在了一起。她拿出五支箭，每人一支让他们折断。每个人都轻而易举地做到了。然后她把五支箭放一起，让每人再折，大家都折不断。五个孩子这才明白了母亲的苦心，从此再没有发生过争吵。

"看看你们现在的样子，不觉得惭愧吗？"她接着历数巴达尔图自九岁和铁木真结为安答后的每一次战功，特别是说到他带着莫日根找到只剩十九人的铁木真时，诃额仑夫人说，"如果有私心，那次完全可以灭掉你大哥。"哈撒尔被触动了，便放了巴达尔图，但并没有消除对巴达尔图的戒心。随后，他又找了一个借口，把巴达尔图的部众削减到只有一千五百人。就这样，巴达尔图还是忠心耿耿地陪在他的左右，只是恨死了阔阔出，也恨哈撒尔居然看不出阔阔出的野心。怨言肯定是有

的,巴达尔图和哈撒尔的关系就这样僵着。

　　哈撒尔和巴达尔图的不和像乌云一样,沉重地压在了巴达尔图家的上空。老太太因为又气又急,加上那晚连夜赶了好多路,病倒了。以前家里那种喧闹和和谐没有了,大家各怀心思,说话都压低嗓门,生怕惊动了别人——这就是大家族的悲哀。也只有莫日根,每次喝了酒后就拉开嗓门谩骂,胡言乱语,我也懒得听。每当这时,就会听到巴达尔图的呵斥声。日复一日,生活就这样重复着,大家心里更增加了一份沉重。我还和以前一样,没人会想到我,也没人想黏我,这样也省了不少的心。只是在这种氛围下,我和额尔德木图见面就有难度了。后来也怕生事端,干脆就让奶妈有事没事地去额尔德木图的面前晃晃。有事情,他就会写信告诉我。我们就这样保持着联系。

第十七章　再次相逢

古话说:"别人身上的虱子都看得见,自己身边的骆驼却看不清。"哈撒尔被蒙蔽了双眼,这件事使他的威信也受到了影响。但他没有意识到自己的问题,更加偏执地认为巴达尔图确实想分权。与此同时阔阔出也就更加肆无忌惮了,他把手又伸向了哈撒尔的幼弟帖木格。阔阔出和帖木格因为几匹宝马而发生了纠纷。阔阔出不仅对帖木格肆意侮辱谩骂,甚至动手打了他。这样的飞扬跋扈,哈撒尔才从中看清楚阔阔出的险恶用心,也开始觉醒了。但他明白萨满教在蒙古人心中的位置,不敢轻易拿阔阔出怎样。后来,在塔塔统阿的建议下,大汗采用了兼并包容的宗教政策,积极引入西藏和汉人信奉的佛教,宋朝和金朝信奉的道教、摩尼教,还有畏兀儿人的伊斯兰教,由此宣扬宗教自由,允许各个教派的存在。并且规定,对信奉其他教派的民众,视相关的情况给予减税免税的政策,这极大地鼓励了各教派的融入。随着这些宗教信

仰的渗透,阔阔出的地位被削弱,他不再是个威胁了。这时,哈撒尔以篡权的名义把阔阔出腰斩了。

而在这时,我得到了塔林巴特尔的消息,额尔德木图找到了他的大哥。

额尔德木图写信告诉我,上次乃蛮人投靠的的确是他大哥塔林巴特尔,不过一起的还有阿尔斯楞。他们一路从阿尔泰山附近往西走到了帖尼火鲁罕。途中听逃出来的人说,他们的父亲札木合带着余下的人逃到西夏国附近,被叛徒绑了送给哈撒尔并被杀了,余下的贵族也是各奔东西。

"札答兰部的人最后找到了大哥落脚的地方,和他们在一起的果然有些是乃蛮人。后来,大汗的建国和攻打西夏,又让那些不服乞颜部的贵族们看到了希望,他们想拉拢大哥继承'古尔汗'的称号,趁成吉思汗的大军不在蒙古境内时伺机反扑。而大哥不想这样做,就又带着人转移了。他从投靠过来的人那里知道,成吉思汗在蒙古建立了文字,他想着肯定和我父亲塔塔统阿有关系,就打听到了我的消息。但他说,现在还没有找到稳定的居所,等安顿好后再与我联系。我悬着的心终于落了地。只要他还活着,比什么都重要。"

白马变不了原色,黄金改不了本色。塔林巴特尔虽然历经许多的磨难,可还是那样善良、有担当,让人既心疼又替他难过。

时间又过去了大半年,已经开春了。这时的草原万物复苏,萌动着生机。如果是在朵鲁班,我就会骑上马背驰骋一番。可现在,哪有那心情啊。额尔德木图写信让我借回娘家之意出来一趟。

我带着奶妈往朵鲁班的方向走,到了一个僻静的地方,额尔德木图拦住了我。他从马背上拿出了一卷羊皮:"大哥托人带来的,你看看吧。"

原来,塔林巴特尔把信写在羊皮的背面了。信的大意是说,他现在已经安顿下来了,住在海尔拉河附近。他还是秉承不与成吉思汗为敌的主张,只想带着族民好好地生活,还算是安逸。他还问了额尔德木图我的近况。我悄悄地背过身去擦掉流下的眼泪。

"萨日,我该怎么和大哥说?"

"他怎么用羊皮来写字?是不是生活得很艰难?"

"想到了。我会想办法的。"

"嗯,知道你会的。你就实话实说吧。"

"好的,我赶紧回去,被人看见了不好。你们路上小心。"

一路上,我的心里五味杂陈,不是个滋味。不知不觉地到了家门口,我都没有发现。我已经很久没有回来了,大哥已经有了三个孩子。老大额尔木那已经十三四岁了,都快长成大小伙了。二哥也有了四个孩子。他们看见了我和奶妈,一起跑上来围着我"姑姑、姑姑"地叫着。看着眼前一群孩子们的笑脸,我那冰冻的心总算是有了些温暖。嫂子托娅这时走了出来,把我拉进了毡包,还和以前一样,拿出了我最喜欢吃的干奶酪,笑盈盈地看着我:"可惜你大哥他们不在家,不然他可要乐坏了。"

"大哥怎样?他还好吧?"

"还不错呢。上次分封,我们得到了二千户呢!"

"难怪我连家都快认不出了,还以为走错门了。"

"看你还笑话我们了不是?你公公巴达尔图可是分封三千户呢。"我没有作声。

托娅看见我的脸色不对,以为是巴达尔图被削权的事使我不开心,说道:"别难过,妹子。不还是有一千五百户部众吗?"

"唉,没事。家大业大的也不是很好管理。嫂子你受累了吧?"

"可不是嘛,你大哥他们一直都没有闲着,每年都要出去

第十七章 再次相逢

107

打仗,一年在家能有几天呀。好在有你二嫂帮衬着,不然可要累垮了。"

正说着呢,二嫂进来了:"看看是不是在说我什么呀。"

"在夸你呢。"

大家一起笑了起来。

"看见你们相处得这么好,真开心。"

"别净说话了,赶快去吃饭吧,有妹子最爱吃的。"

一家人围坐在一起,大哥的儿子额尔木那就坐在我的对面,恍惚中,就像是少年塔林巴特尔对着我在笑。

"姑姑,怎么发呆了?给你吃肉。"

"哦,乖孩子,我吃,我吃。"看着几个孩子又笑又闹地吃着晚饭,就仿佛回到了从前。那时的我是那样的调皮,想着法子捉弄大哥二哥,天天缠在阿爸身边,唱着随口编的歌,把阿爸逗得开心直笑。想到阿爸,又是禁不住的辛酸……这里承载了太多的记忆,心里装得满满的,哪还能吃得下东西?

大家热热闹闹地吃完饭,我就回房间休息了。

嫂子托娅跟着进来,拉着我的手问我,"莫日根对你好吗?"

"他就那样,没什么好不好的。"

"男人娶几个老婆没什么的,你别太往心里去。"

"不会的,托娅嫂子,我明白的。"

"那就好。下午人多,我不好说这个事。"

"谢谢嫂子关心。我看二嫂和你相处得也不错嘛。"

"是呀,我们家有福气。姑嫂相处都很和气。要是阿爸阿妈在世,该有多开心啊!"

"阿爸阿妈在天上看着我们呢,他们会为我们祝福的。"

"是呀,你看我们家,还有现在的朵鲁班都很兴旺啊。"

"是啊,只是两个嫂子受累了。"

"那有什么,巴不得你大哥带着我们朵鲁班越来越好呢。"

"妹妹好不容易回来一趟,在家多住几天吧。"二嫂也走了进来。

"不了,二嫂,明天我就回。"

"干吗这么急着走?"

"那边有事,我放心不下。"

"那好吧,早点儿休息吧。"

第二天,我特意起了个大早,走到和塔林巴特尔第一次见面的地方,轻轻地躺下来回想着过往。如果时间就停留在那一刻,如果我们就那样不再长大,该有多好啊!"唉!"一声叹息。

我着急回去是因为不敢在家多待。看着自己从小生长的地方,许多的回忆在侵蚀着我的内心,我怕自己忍不住流露出什么来。嫂子们也很不容易,真不想让她们为了我而操心了。还有个原因,就是想得到塔林巴特尔的消息。其实我也知道不可能这么快就有回信的,但还是忍不住加快了回去的脚步。

我回去后才知道,那天额尔德木图和我分手后,就去找了塔林巴特尔。他们悄悄地见了面,额尔德木图看见塔林巴特尔的处境比想象中的还要艰难。塔林巴特尔一直和阿尔斯楞观点不一致。阿尔斯楞一心想着怎样恢复札答兰的实力、给他阿爸报仇,想着他们家族那辉煌的过去;而塔林巴特尔并不想走老路,因为他早已厌倦了仇恨,厌倦了一场又一场的厮杀。铁木真把松散的各自为政的百余个部落统一成了一个强大的草原部落。没有了战争,人民也安居乐业。他看到了铁木真的强大、非凡的能力和无法比拟的个人魅力。为什么就不能和铁木真共享这片蓝天? 他认为他父亲的死是个悲剧,是他偏执的想法导致他走到了那一步,不能怪任何人。但他们看不到这一点,那些旧贵族还对这些老的观念纠缠不放,包括他的弟弟,一心想着屠杀和掠夺,以致鱼死网破。他不想他的人民这样去送死,就在这两种势力的对抗中寻找着平衡。其实他也知道,迟早都要分道扬镳的。当额尔德木图把我的情况如实地告诉

塔林巴特尔后,他沉默了很久很久。

后来好长时间都没有塔林巴特尔的消息。我虽然担心他,可也没有办法。有时候我也会幻想着能再见到他,想想就算是见到了又能怎样。我整天就在这样的胡思乱想中度过。实在是急躁得不行,我就会骑上马狂奔一下,以减轻我对他的思念。终于有一天额尔德木图来了信,告诉我塔林巴特尔准备带着人离开海尔拉河了。听到他又要走的消息,我的心就像被东西重重地击了下,疼得没有了知觉。好不容易有了他的消息,心中还有个念想,这一去不知道还能不能再见面……我都不敢想下去。

第二天,额尔德木图抽空过来了。他让奶妈看着门口,告诉了我塔林巴特尔的计划。原来,塔林巴特尔实在无法和阿尔斯楞再待下去了,决定什么都不要自己离开那里,包括那个所谓的"古尔汗"。他知道,阿尔斯楞一直觊觎着这个位置,给他好了。如果我愿意,他想带着我和他一起走。我愿意,我当然愿意,我都要大声地叫出来了。可怎么走呢?额尔德木图说,只要我考虑好了,他会做好计划带着我去和塔林巴特尔接头。就这样,我们约好了明天晚上见。

我也不知道自己在接下来的时间里为什么会如此的镇静和从容,就像是这么些年,只为等待这一刻。奶妈在匆忙地准备着,一直在念叨"上天保佑、上天保佑"。我搂过奶妈,轻轻撩起她的白发:"奶妈也老了,一直跟着我担惊受怕的。"

"傻孩子,我是你外公从战场上捡回来的,并且养大,后来又随着你阿妈陪嫁到你们家,你们全家都把我当亲人对待,现在又跟着你到了这里。我答应过你阿妈,要替她好好照顾你。你就是我唯一的亲人,我不疼你还能疼谁呀。"

"好奶妈,以后跟着我和巴特尔,不会让您受委屈了。"

"我知道,我的好孩子。看着你终于要熬出头了,真为你们高兴。"

"高兴了还哭？"我替奶妈抹去了眼泪。

"我是替你的阿爸阿妈高兴。塔林巴特尔为你抢婚，上天也会保佑你们的。真是对苦命的孩子。"

到了晚上约定的时间，本来一切都很顺利，额尔德木图和我们会合后正准备离开，偏巧一个起夜的下人看见我们这边有人影在晃动，以为是盗马贼呢，就"啊"了一声。我们当时是被吓住了，都没敢动，也没敢吭声。这时，奶妈走了出去："是我。我年纪大了，睡不着。听到了声响起来看看。"

"哦，是您老啊。看见什么了吗？"他边说边往我们躲着的方向张望着。

奶妈忽然拔出了藏在袖子里的匕首，抵住了那人，一直顶着他不让过来。就在奶妈回头让我们快走时，那人毕竟年轻，又身高体壮的，挥刀砍向了奶妈。一切发生得太突然，我们都被吓傻了。只见奶妈一次次地拔出匕首刺向那人，而他也是一次次地砍着奶妈。我被额尔德木图死命地拖着离开了那个冰冷的被称作"家"的地方。

我一路哭着也不知道跑了多久，终于在晨曦中，看见了等着我们的塔林巴特尔。心里无数次地想象过和巴特尔再见面时的情景，可在这种情况下见到他是我无法想象的，也没有想到我们还有在一起的这一天。

"大哥，我不能让别人看见，要回去了。嫂子给你带来了。这是给你们准备的东西，暂时救急吧。等找到机会我会去找你们的。"

"好安答，保重。"

"额尔德木图，谢谢你！我奶妈……"

"我明白，你放心吧。"目送着额尔德木图远去，我们四目以对，千言万语不知从何说起。塔林巴特尔默默地把我抱在胸前。我们什么都没有说，一路向西奔去。

第十八章　逃入古堡

我们一路向西，在第三天的时候和其他五十多个人会合了。巴特尔告诉我，这些是他的部下，还有额尔德木图挑选出来的能帮助我们的人。经过短暂的休整后，又走了三天，在落日的黄昏下，巴特尔把我们带到了一座恢宏的城堡前。金色的阳光洒在上面，金碧辉煌，我惊讶得说不出话来。

"这就是我们的城堡，我的公主。"巴特尔勒住马缰绳，凝视着。

"太美了，不可思议！"我们一直是住蒙古包的，哪见过这样的建筑啊。

"真没有想到，还有这样的地方。"

"这是什么呀？"大家都很惊奇。

"这以后就是我们的家园了。你们进去后就明白了。"大家不由得加快了脚步。

"我知道你心里肯定想问我怎么会有这个城堡，这就说来话长了，我以后慢慢地告诉你。只是我没有更多的东西了，婚礼也会很简陋，你不会怪我吧？"巴特尔在我耳边说道。

"有你就足够了。"

"我明白你的心思，我的小萨日。只是你看奶妈刚过世，我过段时间再娶你好吗？"这就是我的巴特尔，什么都为我考虑到了。夫复何求？

先来说说我们的城堡吧。它是先人留下的，位于科尔沁的最西边，人迹罕至，建在一座山峰的背面。城堡正面是一条窄窄的有两百多米高的山路，一般人想通过是很难的，特别是对于我们马背上的民族，很适合防守。城堡最高的位置建有瞭望台，还有一座宫殿，只是有点儿残缺了，但可以住人。半山腰上，几十个窑洞，一排排的，很是整齐——这里就是我们的城堡。从阿爸去世到现在，我第一次有了家的感觉。

那晚，巴特尔打开了他的话匣子：父亲札木合从幼年到早期都是很顺风顺水的。幼小的时候就和巴达尔图结了安答。后来世袭了部落酋长，被尊称薛禅。所以，他少年时就才略出众，有着远大的抱负和理想。

"那个时候，他把我们札答兰治理得还是很强大的，札答兰是实际上的草原盟主。在巴达尔图落难的时候，父亲不仅把他们一家接过来和我们同吃同住，也接来了同是巴达尔图安答的铁木真一家。后来，父亲和脱里汗又一起出兵帮着铁木真打败了蔑儿乞人，救出他的妻子，使他恢复了乞颜部。作为安答，父亲的行为是高尚的。乞颜部的恢复及强大是有父亲的促进因素的。加上铁木真的人格魅力，也使得乞颜部落强大了起来。实际上这时形成了三个王统。一个乞颜部，一个札答兰，一个克烈部。这个时期，父亲还是没有什么异议的。他还和我说三个王统也不错，毕竟铁木真是他安答的安答，脱里汗是被当作父汗来尊敬的。导致他心里变化的是那次盟主大会，铁木真被推举为蒙古可汗对他的打击很大。虽然他也知道萨满教阔阔出在这里是起了作用的，但是更重要的是因为铁木真的黄

113

金家族身份，人们看中的是这个纯正的血统。而自己只是个遗腹子，怎么都是外姓人。这时，本来投奔我们部的乞颜人，好多也转回投了乞颜部。这使他深深地感到失落，备受打击。后来，王汗脱里汗联合乞颜部帮助金朝打败了塔塔儿部，得到了金朝的赏赐。他们的势力增强了，但也使那些贵族看到了乞颜部人的野心。而此时，巴达尔图的叔叔来投奔，加上那些旧贵族从中挑唆，还有他内心深处的不甘心，他终于没能经得住诱惑，违背了当初和巴达尔图结义时的誓言。其实，从他收留巴达尔图叔叔的那一刻起，他就已经与巴达尔图决裂了。做了‘古尔汗’后，巴达尔图叔叔被杀成了他向乞颜部开战的借口。他在胜利了的情况下，在阵前架锅煮了那些个王子和俘虏，别人都以为他是失去了心智，可我明白，还是因为那个‘血统论’。他不停地叫着‘狼的子孙，就要你们好看’。可他忘记了，我们的阵营里有一多半是所谓的‘狼的子孙’，他们的心里也确实存在着‘血统论’，这就引发了许多人的不满。那联盟怎么可能牢固？这场战争表面上父亲取得了胜利，但他这时候的性格缺陷导致乞颜人虽败犹荣，而铁木真此时成了真正的赢家。阿爸这时如果能及时总结，认识到自己作为一个统帅不能被‘血统论’牵着鼻子走，而是要跳出这个圈子，带领着大家以德服人，以德报怨，放眼整个草原，守着自己的那方土地，悲剧有可能会避免——可惜那只是个如果。那时，我自己也没有这样的认识高度，只是内心里很不赞成父亲的所作所为。所以，规劝都没有起到效果。

十三翼之战后，他逼着我娶了泰赤乌的公主，与他们加强联系，这就有点儿穷凶极恶了。我抗拒不了，他也不能平心静气地听我把话说完，骄傲、失望、焦虑、恐惧吞噬着他的心，使他越走越远，不能自拔。阔亦田之战的失败也就在所难免了。我们的战斗力和乞颜部比起来就是乌合之众。阿爸也看到了这点，所以顺水推舟地留在了脱里汗那里。其实铁木真还是念及以前的情谊的,没有对阿爸怎样。这时,我就极力劝他好好辅助王汗,不要参与克烈部的内部纷争,可他还是蹚进了浑水。本来克烈部就比较复杂,王汗的儿子和他的兄弟们又怕王汗死后大权会落到乞颜人的手里,所以就千方百计地挑起了王汗对哈撒尔的矛盾。而弟弟阿尔斯楞一直不满父王对我的偏爱,看我主张什么他是必定反对的。在这复杂的情景下,阿爸没能做出正确的选择,使他的人生悲剧又向前迈了一步。克烈部之所以灭亡,始作俑者是王汗的儿子桑昆。那时,哈撒尔也想用联姻来加强他们的联盟。可桑昆拒绝了,他怕大权旁落。最终,阿爸没能和王汗站在一起坚持正确的选择。这次,上天还是选择了铁木真,他在弹尽粮绝的情况下又一次反败为胜。我就告诫阿爸,人在最关键的时候不能犯错误,更不能一错再错。铁木真能置之死地而后生,这是上天的旨意,不能违背,也更加说明他的伟大和卓越的智慧。可是我的阿爸啊,一心想着复仇,想着一统,幻想借着太阳汗的实力来实现自己的梦想,自欺欺人。可他这时已没有回头路好走了。阿妈这时的离世,对他也是个打击。他们俩感情很好,从我阿爸一生只娶了我阿妈一个女人就能看出来。他把母亲的病逝也算在了乞颜人的头上,认为如果不是他们带人打败了王汗,我的母亲也不会得不到及时的救治。令人感到安慰的是,在乃蛮我认识了额尔德木图。我们性格脾气都很相投,就结为安答。从他和他父亲塔塔统阿身上,我看到了智慧在闪光,这是我以前从没有经历过也没有看见过的东西。我跟着额尔德木图学文字,跟着塔塔统阿学治理之道。我认为这些才是我们将来的立足之本啊。可是阿爸这时已经走火入魔,不能自拔了。天生的骄傲在挫败面前被打得一败涂地,父亲最终的结局也不难预料。后来听说他被手下人绑着送给了哈撒尔。哈撒尔和大汗还是要挽留他,不想杀。可阿爸说自己会成为他安答衣襟上的刺、衣领上的虱子,只求速死。大汗以乞颜部最高的不流血的方式处

第十八章 逃入古堡

115

死了阿爸，也以这种方式弥补了外姓人这一生的痛，可悲，可叹！正是看见他人性上的弱点，我不能带着我们的部落还走那条死路。可是我的能力不够啊，我没能让阿爸走回来不说，在阿尔斯楞和那些贵族的逼迫下，我又没能带着他们走上正路，而我只能选择退出。"

看着巴特尔因自责而痛苦的样子，我默默地把他抱在胸前。

"从儿时见到你的那一刻起，我就知道自己没法忘记你了。如果阿爸不和乞颜部走上决裂的道路，如今我们可能也是儿女成群了。你没有同意和我逃走，那是对的。我也知道那样做后果很严重，可我真的是放不下你。一想到再也见不到你了，就痛得没法呼吸。可我还是娶了自己不爱的女人，屈服于命运。本想好好地过日子，可又偏偏让我妻离子散、家破人亡。打仗时还好，能忘记一切。可静下来的时候就特别特别想你，想着我们过去的点点滴滴。在克烈部王汗那里的时候，听他们说你嫁给了莫日根，我只能默默地祝福你。后来，哈撒尔想联姻，桑昆没有同意。他想拉着阿爸和他一起反对王汗，就提出把他妹妹嫁给我。我坚决不同意。一是因为我心里只有你，二来他们联姻的目的我是不赞同的，第三，那时我的妻儿被杀不久，不管怎样他们也是我的家人啊，那种痛我是不想再经历了。我就以这为借口推脱了。后来父王又让阿尔斯楞娶了她。和额尔德木图联系上后，得知他在巴达尔图手下做事，让我有了你的消息。可听他说起你的近况时，我都快要窒息了，我真恨自己无能！那种无助，那种绝望，撕扯着我。这时，阿尔斯楞和一些贵族又在想着趁大汗攻打西夏国的时候去偷袭。可我知道，那是以卵击石。大汗建立蒙古国后，组建了庞大的怯薛军，军队制度也很完善。他虽然西征去了，可留守的常备军人数也是我们的几倍。而且他们训练有素，作战顽强，我们根本不是对手。最重要的是，我的初衷是让跟着我的人过安居乐业的日子，不想再让他们颠沛流离饱受战争之苦，所以带了一部分人一起离开。那时我们很艰难，大部分的东西我都留给了阿尔斯楞。快走到科尔沁最西段的时候，我们什么食物都没有了。大家都饿得不行，就分头去找猎物。说来也巧，我碰上了野马群，就一直紧追，它们把我带到了这里。发现了这座城堡后，我真的是激动啊。你看城堡被群山环抱，如果不走到面前，都不容易被发现，又隐蔽又安全，群山成了天然的屏障。这是上天赐给我们的礼物呀！如果我们能在这里度过下半辈子，那是多么快乐的事情啊！这时我就藏了私心，对谁也没说，我想等时机成熟再做决定。后来一些部落的人找到了我，说因为他们意见不统一，就没有去攻打蒙古守军。这样我又带着人回到了帖尼火鲁罕。可我知道，早晚我都会和他们分道扬镳的。那些旧有的思维不抛开，依旧幻想着在部落制里分得一杯羹已经行不通了。我之所以回去，是想尽我的最后一份力。阿尔斯楞一看我又带着人回去了，立即心生戒备，于是，在各个贵族间走动，说我是个胆小鬼，连杀父杀妻儿的仇都不给报，还说父王的古尔汗不应该由我来继承。可是，我实在是说服不了他们不要鱼死网破。阿尔斯楞不是一心想着我头上的古尔汗嘛，那就给他好了。因为他认为，就是这个头衔，那些贵族才拉着我和他们联盟的。无休无止的争吵，相互的猜忌，我早已厌倦了。道不同不相为谋，我也只好走自己的路了。所以，就和额尔德木图想到了抢婚。莫日根不稀罕你正好，你可是我的宝贝。然后就和额尔德木图仔细地挑选了五十人，这里有一些是乃蛮里有智慧的人，还有一些是和我共患难的弟兄。我们不能选择我们的出生，但可以选择我们的人生。至于结果，就交给上天来安排吧。"

看着眼前这个男人，已从我心中可以依靠的小哥哥变成了成熟、有担当、有智慧的男子汉了。我在心里默默地告诉阿爸阿妈：你们放心吧。

第十八章　逃入古堡

117

第十九章　新的生活

　　第二天，塔林巴特尔领着我们大家把整个城堡走了一遍。建在山顶端正中央的是我们住的一座宫殿。这宫殿是这里最大的建筑，有六个房间，还有个大会客室。在它的四壁上绘着色彩鲜艳的壁画，栩栩如生。我们在其中几座空房间里发现了很多遗物，有黄金的，有宝石，还有各种我没有见过的东西。但从这些物件的精美程度上来看，就知道其贵重了。在宫殿的四周，围着四个护卫哨卡，从那一个个瞭望孔和射击孔就能看得出来。半山腰上的那一排排洞窟，有的带出气口，有的不带。乃蛮人告诉我们，带口的是可以住人的地方，不带的是贮藏东西的地方。从里面我们也清理出不少的东西，有食物，有兵器，还有酒。大伙儿可高兴坏了，又唱又笑又闹的。接下来，塔林巴特尔就着手清理登记了。他指派了乃蛮人朝鲁来管理，命他做好登记，又分类贮藏好，给大家各自分派好住处。一整天的喧闹就这样过去了。

说实话，我看大部分人对这样的住处还有点儿不适应。住惯了蒙古包，一下在这土建的方方正正的房间里住，怎么也找不到那感觉吧。但大家都很开心，因为有了自己的一片天，可以过自己想过的日子，这是最重要也是最幸福的事。而我就更没问题了，这一天里，我都是在惊叹中度过的，看什么都很新奇。我不得不感叹古人的聪明智慧，他们设计得是如此巧妙。最令人开心的是，能和巴特尔在一起，什么样的苦我都能承受，何况这里的好已经超出我的想象。

一切安排妥当后，巴特尔把大家召集起来说："我们都是因为有着共同的信念才走到了一起。在这里，所有的东西都是大家共同拥有的。所以我让朝鲁做好了登记，从我开始，谁都不能随意拿共有的财产。到需要分配的时候也会公开透明分给大家。让朝鲁来做，因为他在乃蛮部的时候就掌管财政，有着丰富的管理经验。现在我们所面临的巨大挑战是怎样才能生存下来，靠什么来养活我们自己。大家都说说看。"大家七嘴八舌，说什么的都有。

朝鲁这时示意大家静下来："其实我在来这儿之前就想好了，我们乃蛮部因为地理位置比较靠近波斯，太阳汗就命我们和那里来往的商队一直做着贸易，平等互易。而漠北草原因为连年征战，也没有人敢往这里做了，所以乃蛮部还是比漠北要富裕和文明得多。但游牧民族有个很大的优势，就是有草有水就能通商。在来的这一路上我一直在观察，这里的地理位置完全适合和他们进行通商。只要我们和那些商队取得联系，就能有活路。只是之前考虑我们用什么东西来和他们等换，现在好了，先祖留给我们这么多的好东西，就可以换回来我们需要的生活必备品，先安顿下来再说。"大家听朝鲁这样说都很兴奋。巴特尔站了起来，环顾着四周："是呀，我也考虑到了这点。上次进来的时候，看见了这些东西就考虑到通商这条路可行。可我毕竟在这方面没有经验，你可以详细和我们说说怎么样才

能通商。"

朝鲁接着向大家详细介绍了商队的情况:"其实,从汉人有青铜器时期起,就已经和我们开始通商了,追溯起来已经很久很久了。先后经历有卡拉苏克、斯基泰、狄、匈奴、鲜卑、突厥、回鹘、契丹,还有我们乃蛮。早期主要是用我们的我们的牛、马、羊,以及我们的奶制品和牛、羊、马的皮毛换回汉人盛产的粮食、丝麻织品,所以有皮毛路、茶马路等称呼。后来,由于连续的部落战争、自然灾害和汉王朝的打击,匈奴分裂成了南北两派。这北匈奴西迁,而南下漠南的匈奴连接起了南北两大交通要道,使南北贯通起来,贸易往来加强了。这时,汉人的青铜、玉器,还有汉字也逐渐被引了进来。后来,鲜卑人又一次统一蒙古草原地带,这让草原的经济得到了发展。他们南迁后,定都盛乐,建立了北魏政权。这个时期,东罗马的一些金币和金饰品、波斯人的银器,还有他们的手工艺品相继流进来。突厥人的崛起又使贸易向北扩大了,使南北通道交会于乌拉尔河口,贸易又向中亚拓展了。这样长的线路运输起来不方便。到唐王朝时,汉人以铁勒、回纥诸部设立了六个都督府和七州。聪明的唐人又设立了六十八个驿站,以传递邮信为主,也可以让那些往来的商队有个落脚的场所。邮驿站的设立,极大地方便了往来的商队,使贸易往来更加活跃了。而我们乃蛮部正是处在这样的邮驿站上。"大家听着朝鲁的话,豁然开朗。

"后来,太阳汗看我们因为没有文字,交流起来实在是不方便,就让塔塔统阿国傅创造了我们自己的文字。这样在以后的互换中,我们的交流大大地增强了。所以,只要联系上那些商队,我们的东西也可以进行交流。"

"大家都明白我为什么不把这些东西分了吧?这些都是我们今后立足的根本。所以,要选派一个小队,去寻找那些个商队。其他留下的人,跟着我和朝鲁学习文字,因为今后我们要不断地发展这种商贸往来,没有文字可不行。带家属的人,只要她们愿意,也可以让女人们来学习学习。"巴特尔顿了顿看着他们的反应,"现在,想参加商队的人来我这儿报名。我是这样想的,商队的人因为在外劳苦奔波,出去一趟就要记下来一次。等我们富裕有分配的时候,按出去次数的多少给予补偿。朝鲁负责做好记录。"

五十个人几乎全报名了。塔林巴特尔就决定,让一直忠心耿耿跟着他的查干巴拉做护卫队长兼商队队长,由他挑选十人组成小组,先出去探探路。考虑到乃蛮人早就建立了商队,也熟悉贸易的情况,查干巴拉这次的十人小组以乃蛮人为主,他亲自带队保护他们。就这样,我们的第一支贸易小队带着全体人员的希望出发了。

而我们留下来的人也没有闲着,从早晨开始,大家都在朝鲁和塔林巴特尔的带领下,动手整理各种物品。朝鲁很有经验,他指挥我们什么需要晾晒,什么需要重新储藏好。而收纳可是我们妇女的绝活儿,虽然我们只有四个人,但在大家的配合下,还是很得心应手的。中午,我们四个妇女就一起去给大家准备午饭。虽然自带的食物不太多,也没有什么选择,但将就着吃饱还是没有问题的。幸运的是,这里的酒很多,谁想喝都可以管够。只是塔林巴特尔不让大家中午多喝,每人只能喝一杯,晚上可以随意喝。吃饭休息的时候,大家坐在一起边吃边聊很是惬意。

下午,我们就一起围坐在山脚下的土墙前,或是朝鲁,或是塔林巴特尔,教大家学习蒙古文。那时候简陋得连纸和笔都没有,朝鲁和塔林巴特尔就用树枝在柔软的土地上教大家。虽然额尔德木图已经教会了我蒙古文,但我还是喜欢每天下午带着巴特尔的藏袍,一边做着刺绣,一边听他们讲课。我最喜欢的就是朝鲁拿着一些金银器、玛瑙、珊瑚,还有些西洋那边的物品给我们上课,让我们认知,好在以后的交换中不出错。看着眼前这些提刀跨马的汉子如此认真地学习着,我心中涌

121

起无限的感慨:他们是真心喜欢这样的生活。

晚上,塔林巴特尔来到我的房间:"我来看看你,累坏了吧?"他拿起我的手抚摸着,满脸心疼,"你看,手都磨破了,疼吧?"说完,还对着破皮的地方吹了吹。

"没事,还行的,我没有那么娇气。"抽回有些疼痛的手,装着若无其事,掩饰着我的害羞和怦怦的心跳。

"别人不知道,我还不知道你吗,什么时候吃过这样的苦。"他环看了下四周,"住得还习惯吧?"

"很好呀,怎么是苦呢?我心里甜得已经不能再甜了。自从爸爸过世后,我还从没有这样充实过。说真的,现在这样的生活才是我想要的。这让我感觉到了我自己。"我挪了挪身子,挨他更近些。

"我明白我的好萨日。唉,争取让你尽快过上幸福的生活。"一伸手,把我搂在了他的怀里。

最喜欢他用双臂环抱着我,那感觉好温暖:"相信你能行的。这里虽然生活艰苦了些,但你看每个人都是这样的快乐。"

"正是因为这样,我更不能辜负了他们的期望。食物越来越少了,你明天仔细分配下,看还能坚持多久。"看着巴特尔忧心忡忡的眼神,我好心疼。

"不要给自己太大的压力,我们一起努力,会好起来的。"

"嗯,有你真好!老天真是善待我呀!"

幸亏巴特尔早做了提醒,我把每个人每天的食物都降低了些,在别人不经意时,我把自己的食物又会悄悄地放些回去。

不知不觉,我们到这儿已经一个月了。等到派出去的寻找小队回来的时候,留守人员已经把洞窟里全部东西翻晒整理了一遍。他们也带来了好消息,在离乃蛮部不远的地方,等到了波斯人的商队,已经商定好下次交换的东西了。在返回的途中,还从草原里换回了一批我们需要的食物。巴特尔悬着的心这才放了下来。大家断粮的危机解除了。

这时，他有空着手我们的婚事了。其实也没什么好准备的，这里条件简陋，大家就是在一起吃个饭热闹一下。有人建议从我们的公物里拿个红宝石戒指给我做定情物，被巴特尔拒绝了。我明白他的心，就是他同意我也不会要的。

1207年的八月十五日，我生日这天，按照我们蒙古族的传统，在我们住的王宫前点起了两个火堆。我穿上了最喜欢的红色长袍，胸口上缝着巴特尔送给我的那个黄金面具。朝鲁媳妇给我盖上了红色的盖头并拉着我的手，把我从寝宫带到了巴特尔的面前并把我的手交给了巴特尔，就开始唱起赞歌。大家一起跟着唱。而巴特尔穿的是我亲手绣的蓝色乌力吉蒙古袍。他那温暖、宽厚的大手微微颤抖着引导我一起跨过两个火堆。当他掀起我的盖头时，大家笑着，闹着，起着哄。从他的眼里我看到的是满满的幸福和疼爱，仿佛又回到许多年前大哥的婚礼上，我们戏要时我让他给我掀盖头的场景，真像是做梦啊！看到我眼含热泪，巴特尔轻轻地吻了吻我的脸，是那样的温柔，那样的小心翼翼，生怕碰疼了一般。耳语般的说道："我们做到了，我美丽的新娘。"我的泪水夺眶而出。"别哭，我的小萨日。我知道你吃了很多的苦，你现在有我了。"他牵着我的手和大家围坐在一起，喝着酒，唱着歌，直到深夜……大家渐渐地散去。看着一直朝思暮想的人就在眼前，我还是不敢相信这是真的。我就要真正地属于他了，不是在下辈子，而就是现在。当巴特尔吻过来的时候，一阵战栗席卷了我，他紧紧地抱住了我。我终于做了他的女人，这就足够了。

看着他还略带羞涩的面孔，我情不自禁地唱了起来：

风沙吹散了我的思念，
散落在你的发间。
而你明媚的双眸里，

写满了对我的爱恋。

喧嚣已从唇齿间溜走，

留下的是我们纯真的誓言。

你中有我，

我中有你，

爱已化作缕缕青烟，

飘入我们的心田。

从此以后，

我们骨肉相连。

　　"真好听！好久没有听你唱歌了。知道吗？第一次听见你的歌声时，我就爱上了你。"巴特尔俯身看着我。

　　"十二岁就会恋爱了？"看他幸福的模样，我忍不住又逗起他来，真正地爱到心底。

　　"当然了，从见到你的那时起就知道你是我的。八岁就知道逼婚的那人是谁呀？"说完，他轻轻地刮了下我的鼻子。

　　"讨厌，那是小孩玩家家的那套。"

　　看到我真的害羞了，巴特尔可开心了："哈哈，以前只有你逗我的份，今天让你也尝下被捉弄的滋味。"

　　"说真的，以前我怎么逗你你都不生气，所以就更喜欢你了。"

　　"傻萨日，那是我爱你，宁愿被你捉弄，当然不会生气了。我心中有个小秘密，要不要知道？"他歪着头，那调皮劲儿又上来了。

　　"我知道你的好。当然要说了，从今以后，我们就是夫妻一体了，不能有什么秘密。"

　　"我知道阿尔斯楞也喜欢你。"

　　"你说什么呢？他都不正眼看我，老远就躲开了。"巴特尔说这话，真的惊到我了。

"我说真的。那是因为你老喜欢和我在一起,他是在生气。我弟弟那人,什么都要和我比。不说他了。说真的,就这样地娶了你,我也是很愧疚的。什么都给不了你,真不想让你跟着我受累。"

看到他满脸的内疚,我拿起他的手放在我胸口:"上天已经把最好的礼物给了我,我还有什么不满足的?"

"我明白,我的好萨日。今后,我会努力让你成为世上最幸福的女人。我们再也不会分离。"

第十九章 新的生活

第二十章 初见成效

  第二批组织的商队又出发了，因为事先有约定的货物，就很清楚地派出去了两队人马。一个月之后，他们换回了大量我们需要的食物和一些金银器什么的。就这样，我们和驿站里的一些商队有了固定的交易，正常的日常开销是能得到保障了。这时，巴特尔把目光投向了中原。

  根据商队的反馈，因为蒙古这些部落连年争战，中原人已经很长时间不走茶马古道了。他看到了商机，就和朝鲁商量，因为中原里的东西草原这边是很稀缺的，这时成吉思汗还在忙着攻打西夏，正常的贸易往来还没有建立，这样就可利用这个机会做些中间的倒换。巴特尔的思路是通过朝鲁以前的一些人脉，与中原人换回大量我们这里和波斯人需要的粮食、丝绸、茶叶、瓷器，然后再拿这些东西到草原里换些马、牛、羊、奶制品，或和波斯人交换些金、银、宝石等等。这条通路建立后，双方都得到了好处。波斯人换回的东西是西方人奇缺的，而我们换回的东西又是中原人需要的。这种交换流通起来很快,也不会发生货物积压。他的这些想法,得到了朝鲁的肯定。

就这样,在朝鲁旧交的帮助下,交换渠道很快就建立了起来,我们积累了一些资金。手头上有了资金,就不用再拿城堡里的东西去交换了。这时,朝鲁建议,如果从乃蛮部的那条通道走,要绕道好几天的路程,如果我们自己从草原这边走,翻过阿尔泰山,边走边换,可以节省不少的时间,而且安全性也要高很多。只是翻过阿尔泰山增加了运输的难度,他有点儿吃不准了。

为了摸准这条线路的可行性,巴特尔决定亲自带队走一趟。他曾在乃蛮部的逃亡中走过阿尔泰山。

"萨日,这次事情重大,我必须得走一趟。"

"事情的轻重我懂,去吧,多注意安全。"

"真是我的好萨日,舍不得离开你。"

"看你像个孩子了。"

"我快马加鞭,以最快的速度回来,你要多注意身体。"

"我没事的,你路上注意安全。"

自从进入古堡以来,巴特尔还没有和我分开过。这次短暂的分别,让我们心里多少有些失落。本来已经习惯了他的陪伴——每天他轻轻地把我叫醒,抱我下床,让我坐好,还帮我梳理好长发;吃好早饭后,空余的时间,他教大家学习认字,我也会带着针线活儿去坐下来听听,只为陪着他;有时候我们一起整理整理需要交换的物品,并做好登记交给朝鲁;有时要处理些事务,也尽量放在我们住的宫殿里,只为陪着我。

他离开的这几天,我时不时会去瞭望口看看。这里视野开阔,只要他们回来,老远就能看见。可我也知道不可能这么快就赶回,但还是不自觉的一次又一次地观望。终于,在半个月后,我看见了一队人马远远地向城堡走来。我飞快地往山下

跑,脚一滑,摔倒了。我哪里还顾得上疼痛,一瘸一拐地迎上了他。开始也没当回事,可到了晚上脚肿得很厉害。巴特尔吓了一跳,心疼得直说:"怪我,怪我。"

这次的交易,巴特尔带了十个人,从草原出发,翻过阿尔泰山到驿站,换回东西来回只用了十五天,这大大地节约了时间。就这样,我们不仅开拓了交换渠道,还找到了这条秘密通道。但从这次的交易中,巴特尔也发现了些问题。第一,这条路避开了人迹相对较多的道路,不会引起别人的怀疑,这点相对有利。但给马队自身的安全也带来了隐患。第二,翻越阿尔泰山,马队走过没有问题,但需要配置一些特殊装备,不然瓷器不好保存。第三,我们在互换的品种上还有很大的拓展空间,如果只是从中原人手里买些物品再卖到波斯人那里,其中他们有些东西双方都缺,这就影响了交易的质量。所以,他回来后,就着手和大家讨论这些个问题的处理方法。我因为脚伤了,也就没有跟过去。

正在蒙眬中,巴特尔手里拿着一串玛瑙项链走了进来:"萨日,快起来看看。"这条项链好漂亮啊,大小均匀,由十几颗玛瑙串在一起,每个玛瑙中间都用小一号的翡翠间隔起来,中间有个鹅卵石大小的心形的坠子连着,色泽光亮,光彩夺目。

"哪来的?"

"别担心,我没有私藏。喜欢吗?"巴特尔把我扶住,让我半躺着靠着他。

"当然喜欢了,太漂亮了!"我满心欢喜,有哪个女人不喜欢漂亮的东西啊。关键的关键还是巴特尔送的,那就更不同了。

"快,我给你戴上。"

"你还没有告诉我哪来的呢。"

"我说了你可不能生气。"

我看着巴特尔的眼睛:"快说,不然我不要了。"

"是一个波斯的商人看中了我的藏袍,他提出用这个项链换的。"巴特尔知道我的脾气,赶紧说了出来。

"哪件？哦,我知道了,蓝色乌力吉的那件——唉,那可是送你的结婚礼物啊。"

"我明白。可是我们结婚时我什么都没有给你,现在这个项链完成了我的心愿。告诉你呀,他还问我能不能多做些刺绣,他愿意用这些宝石来换。"

"哦,这倒是个好主意。就看在你戴罪立功的分上,这次就饶了你吧。"看到他那得意的样子,我忍不住又捉弄起他来了。

"遵命,夫人！再告诉你个好消息,额尔德木图要来看我们了。"

冷不丁的好消息还真让我心花怒放:"真的太开心了,我们好久没有见过面了。真是个好安答,没有他,也没有我们的今天。"

"是呀,我也很想他。"巴特尔说着,递过信来。

额尔德木图在信上告诉我们,他把我们送走回到巴达尔图那儿,家里已经闹开锅了。他们猜测我是带着奶妈想逃走,被下人发现才出了人命。也想到了被抢婚,但他们觉得是不会有人想抢我的。巴达尔图也觉得那样对我有点儿不公,但他内心里还是相信阔阔出的话。他还算仁义,厚葬了奶妈。莫日根本来对我就无所谓,逃走就逃走,送走一个瘟神他是不会难过的。再说我娘家不找他要人,他才懒得深究呢。额尔德木图去了我大哥那告诉了我的情况,大哥知道我和巴特尔终于在一起了也很开心,祝福我们白头偕老。巴达尔图和哈撒尔的关系还没有改善。哈撒尔处处提防着巴达尔,以科尔沁为借口,让他这个大将军负责管理开辟商道的事。因为额尔德木图在乃蛮的时候就负责与商队联系,所以就派他过来了。

想到奶妈,我就忍不住地流泪。巴特尔搂着我,轻轻地唱起了我们的《放羊歌》。是呀,我们现在的日子真是比蜜甜。

第二十章 初见成效

为了保护额尔德木图,巴特尔对外只说是为了加强和草原里的贸易往来,联系上了在开辟商贸通道的额尔德木图。而额尔德木图的安答身份,也只有朝鲁知道。朝鲁和额尔德木图在乃蛮的时候就是上下级关系,相处得非常好。朝鲁还是额尔德木图阿爸塔塔统阿的学生。因为朝鲁从来都反对战争、向往和平,也非常认可巴特尔的为人,正因为这样,额尔德木图才把朝鲁介绍到他大哥这里来了。他们每次的信件往来,也是通过朝鲁的儿子传递的。不过,这次巴特尔还真是需要额尔德木图帮忙了。

兄弟相见还要藏着掖着。看见他们在宴会上别别扭扭的样子,我就忍不住地偷笑。好不容易熬到晚上,兄弟俩拥抱在一起,露出真诚的微笑。

"好兄弟。"巴特尔拉着额尔德木图坐了下来。

"大哥。见过嫂子。"我赶紧给他端来了奶茶。

看见我害羞的样子,巴特尔笑着拽过他:"兄弟,这次我真的有好多话要对你说。你看,眼下我们的商贸通道也建立起来了。太顺利了,我心里一直不踏实,总想着哪里是不是没有做好,不敢有丝毫的疏忽,你要给我参谋参谋。还有,常在河边站哪有不湿鞋的,如果没有武装保护,早晚会出事情。刚起步的时候还没有精力和能力做这些事,现在我们积累了些资金,而且这条通道建立后,运输会很频繁。虽然我的旧部下也都是能征善战的人,但我担心的是,这样一来我们派出去的人员队伍人数庞大,怕引起别人的注意。你怎么看这件事?"

"大哥说的事情我也正在考虑。我们还好,背靠着成吉思汗,安全是能得到保障的。我看要不这样,我们所需要的商品你尽量帮着我换,我们刚着手这事,需要量又大,也正需要你们的帮助。再说,那些盗马贼知道你们的货物是大汗的物品,也不敢轻易动手。我知道你们的商队已经建立起来了,而且贸易也做得风生水起,也想来跟大哥学学生意经。至于武装保护肯定是要的,这样你的人手就不够了,我暗中帮你找些可靠的人来。"

"真是太好了。真是我的好兄弟啊!"巴特尔明白,商队有了成吉思汗做后盾,安全性就大大地提高了。他一直悬着的心稍稍放了下来。

"大哥的事就是我的事呀。再说巴达尔图派我来的目的就是要建立起商队和稳定的交换渠道。能和大哥你这样的商队做交易,我是一百个放心啊!你们现在的货物量还有什么难处吗?"

"兄弟帮我解决了这么大的难题,其他都是些小事情了。我们刚开辟出的交换通道,起码能满足你的一部分的需求了。等你给我的人马到了之后,我想把我们门前通山的山路挖一挖开辟出来。这山路现在很不好走,不管是人走还是运输货物,都不是很方便。你嫂子前段时间还把脚给崴了。"

"大哥,如果山路修好,那会不会带来安全隐患?"额尔德木图有些着急。

"这个我早想到了。我是想在山脚下开辟出一个宫殿。我们现在住的这个你也看见了,有点儿破败,委屈你嫂子了。"巴特尔说到这儿,还扭头看看我。我的心头涌起一阵热浪。

他接着说:"我准备在新的宫殿周围,挖些洞窟,可以存放物品。也不要再往山上运,还节约了人力。至于安全问题,我们可以像成吉思汗那样,组织人员值班看护,还可以在进山口那里做些陷阱等保护措施。再说,这些跟着我的人,以后也会慢慢成家的,或接来他们的家属,人员会越来越多。以后我们的经济也比较宽裕了,要给他们一个相对较好些的生活环境。当然,这只是我的初步打算,想听听你的意见。"

额尔德木图听到这儿,就胸有成竹了:"大哥,你考虑的周到、长远。只是,不能太累了,要注意身体啊!我上次给你选的人里有个叫毕力格的,他是我们乃蛮人的建筑师,你可以和他

商量着怎么建造。今天大哥带我参观的时候,我注意到了地上的土质。我的意见是可以往地下建造。这样安全度更高些,还可以保暖。你们只要在山谷口做好防护,别人想进来还是比较困难的。"

"哦,毕力格? 好的,我对他有些印象。我会找他仔细商量的。"

"你在巴达尔图那里还好吗?"巴特尔接着问道。

额尔德木图叹了口气:"现在哈撒尔和巴达尔图的关系越走越僵了。老太太诃额伦也是急在心里。为这事,她也骂了哈撒尔好几次了,骂哈撒尔手握凝血而生,还生了场大病。可哈撒尔一直对巴达尔图不放心。巴达尔图呢,说实话是没有二心的。我也是想不明白哈撒尔为什么老是怀疑他。以我对巴达尔图的了解,他成不了大汗那样的人。他现在只是打仗的时候还跟在成吉思汗的左右,其他时间尽量在自己的领地里哪儿也不去。这次哈撒尔命他管理商队的事情,他可懒得出来,就把差事都给了我。"

"莫日根呢,还是天天喝酒骂人?"我忍不住问了句。

"他就那样吧。和他父亲比,他在性格上确实弱了些。对了,乌吉斯格朗又给他生了两个儿子。"

"人无完人啊,像铁木真这样有大智慧的人,也有做人的短板。所以,我们就要更加努力地做好自己。"

"大哥说得是。我阿爸也说成吉思汗之所以能成大业,与他的性格有很大的关系。"

"兄弟,你要多加小心,不然连累了你阿爸他老人家,就不好了。"

"大哥放心,我做事都是经过深思熟虑的。"额尔德木图说完拿出一个大包袱,"嫂子,这是你大哥巴根托我带来的东西。"我接过来一看,有我最爱吃的干奶酪。

"肯定是嫂子托娅做的。真香啊!"还没等话说完,胃里翻江倒海般地难受，"哇"的一下吐了起来。巴特尔和额尔德木图手忙脚乱，不知道该如何是好。我慢慢地从难受中平复了过来，可一看见干奶酪又吐了起来。

"赶快把奶酪收起来。"这时我明白是怎么回事了。

"你怀孕了？"我叫过巴特尔，悄悄地告诉他身上已经有两个多月没有来了，但以为自己不能怀孕了，所以也没有在意。

"真的怀孕了？哈哈，老天，我巴特尔有儿子了。是我们的孩子。"他一下把我抱了起来。额尔德木图微笑着悄悄地退了出去……

第二十章 初见成效

第二十一章　古堡重建

　　我的怀孕，使巴特尔加紧了他的建设计划。他对我说，不能让我们的孩子出生在别人留下的城堡里。他要给我们建造个新的地下宫殿。这就是我的巴特尔，每时每刻都温暖着我的心。

　　巴特尔最终和毕力格、朝鲁一起商定好了建殿计划。这时，额尔德木图给我们召集的人马也到齐了。巴特尔把商队的运输和管理全部交给了朝鲁负责。护卫队队长查干巴拉则负责商队的排班和城堡的安全。在其余留下的人中又分成了两部分，一部分由他自己带领，着手山路的挖掘；另一部分由毕力格带领，负责地下宫殿的设计和建造。他忙得整天神龙见首不见尾。

　　他又不让我出去，要我好好养着身体。正好，我就叫来那些妇女（陆陆续续又有家属来到了城堡），每天在我的宫殿里和我一起做着刺绣。想着自己每天的手边活儿也能换回珠宝，大家的热情非常高。除了有活儿要做的人，其他人都很自觉地就过来我这边了,倒也不觉得闷。只是每天看着巴特尔拖着疲惫的身躯回来的时候,心疼得直想掉泪。我一直劝他慢慢来、别着急,这时他就会用吻堵住我的嘴,他又变回那个率真的大男孩了。有时候我真的特别感恩,感谢老天对我这么好,让我拥有这个爱到骨子里的男人;感恩老天没有夺走我做母亲的权利,让我的巴特尔有后了;感恩上天给了我们这个庇护所,让我们有了安身之地。想着这一切,还有什么不满足的呢?

这样过了差不多一个月,巴特尔他们也挖了一半多了。这时,从瞭望口我可以清晰地看见他们了。每天听着他和同伴一起挖掘、一起说笑,我也很开心。做刺绣时间长了,我就起来走走,也总会去瞭望口那儿看看他。他也会有意无意地抬头找找我。相视一笑,就能让我快乐一整天。

那天我像往常一样往瞭望口走去,就感觉风很大,我刚探头往下看,一阵旋风将还没站稳的我刮倒了,重重地摔在地上。肚子一阵阵疼痛,我被吓到了,叫来了正在做刺绣的同伴。她们七手八脚地把我抬到床上,可疼痛没有停止,额头上豆大的汗珠不停地滚落。她们赶紧叫来了巴特尔和朝鲁媳妇。巴特尔也吓得不轻,抱着我的手不停地颤抖着。朝鲁媳妇毕竟生过好几个孩子了,她看了看说怕是动了胎气。果然到了晚上,我又一次流产了。看着从我体内流出来的一团裹着血块的胎体,我号啕大哭起来。好心疼呀!这是我和巴特尔的孩子,是我们的骨肉。巴特尔强忍着悲伤,一直安慰着我。等我情绪稳定了后,他开导我说:"我们还年轻,有的是机会。但一定要养好身体,为了我也为了我们将来的孩子。"慢慢地,我在他的怀抱中睡着了,睡梦中一个男孩的笑脸一直看着我,那就是少年巴特尔的笑脸。

自从流产后,朝鲁媳妇就一直在照顾我,陪着我。巴特尔严令,不让我起床走动。我还从没见过他那样严肃的表情,只好点点头。每天,他要忙着各种事情,还要不停地跑回来看看我、安慰我。他怕他不在的时候我又会胡思乱想了。看着他日益消瘦

的面孔,我真的不忍心,不由得愈发恨起自己来。

等我能起床的时候,巴特尔牵着我的手,让我和他一起见证那惊喜的一刻。上山的路修了一人宽的台阶,一直通到山顶。我数了数,有八十九级台阶呢。通道的两边,都留有射击口和采光孔以便防护。在山的东边,他们正在搬运石块往山体上铺设着。而山脚下,毕力格带人已经设计好了建城方案,可以看见些许的轮廓了。看着我惊喜的表情,巴特尔也开心地笑了:"还不错吧?毕力格建议我们用石块把东面的墙体给护住。一来别人不好往上爬,二来也可以防止墙体常年被风侵蚀。"

"那这些石块是怎么来的呢?"

"是这样。我们的商队在穿过草原时有个歇脚的地方,离这里也不算很远。那里草木茂盛,河水清澈。河的两岸有不少这样的石块,所以就运过来了。还缺不少,可以慢慢来,也不着急。"

"那些山丘上没有石头吗?"

"这种土质出不了大石头。不过也没关系,能护多少是多少吧。不过我们在河边发现了不少的鹅卵石。"

"哦,有用吗?"

"当然有用了。你看我们这儿高吧,就是用那些鹅卵石垒起了射击孔,可以居高临下地打击敌人。"

"是呀,看着这里的变化真为你高兴,只是你受累了。"

"为你信任我,也为和我们一起同甘苦的人们,难道不值得吗?"

"值得,我的好巴特尔。"

看看左右没人,他飞快地亲了亲我的脸。看到我羞红了脸,他开心得哈哈直笑,这就是我的巴特尔。

这期间,在额尔德木图的帮助下,我们的贸易越做越大,积累的资金也越来越多。原来每次只派出去三组三十余人,现在基本就是三个三组次地出发,每次出发的人数多达百人了。这样大规模的行动很容易会引起别人的注意,巴特尔感觉到不安全。

"朝鲁,你看我们现在贸易是做得风生水起,但我越来越担心大家的安全了。"

"嗯,这几天我也在考虑这个问题。那天站在瞭望口看见山下百人的马队确实是太招摇了。"

"我在考虑,前段时间我们也积累了不少资金,加上古堡里留下来的值钱宝贝已经很富足了,现在要紧的是一切以安全为出发点。你看可不可以把货运压一压。额尔德木图那儿我会写信告诉他的。"

"可以是可以的。那就先把订好的货送完,其余的我们每次还是按以前那样派三组三十人次。"

"这个等商队队长回来后再说。我的意见是想这样安排。我们不能忘乎所以。"

"我明白了。"

"以前,你在乃蛮的时候,太阳汗的货物会丢失吗?"

"有的,主要是一些盘踞地方的盗马贼所为。"

"哦,那你们是怎样对付他们的?"

"也没有什么好办法,主要就是加强防范。但他们在暗处,防不胜防。"

"嗯,明枪易躲,暗箭难防啊。现在成吉思汗虽然统一了草原,但还是不太安全。一些不拥护大汗的势力在到处乱窜,我最担心的还是这些人。"

"那我就安排一些比较紧急的货先发,其他的货物我慢慢再安排了。"

巴特尔停了停,似乎想起了什么:"还有,冬天就快到了,阿尔泰那边马上就不能走了。你看是不是着手贮存些食物?"

"我们想到一起了。我和商队队长已经商量过这个问题

了，正在着手准备呢。"

"嗯，好的。我们一起去看看货仓。"

频繁的商贸交易，吸引了很多乃蛮人投靠过来。商队每出去一次，就会带来新的乃蛮人加入。不知不觉，山中的洞窟因新人的增加和货物的大量堆积，显得有点儿拥挤了。而这时，地下城堡已经快到封顶的时候了。巴特尔找到毕力格商量着在建造地下城堡的同时，分出一批人着手挖建新的洞窟。等到那年冬天来临，我们历时一年的地下城堡也建成了。

新的城堡虽然没有山顶上的城堡大，但十分精致。它坐落在地下城池的中央。在它最中心的位置，还建了个大大的议事厅，非常气派。沿着走廊，设计有六间卧室。而卧室的后面，还有些空余的房间。新城堡的正面交错着街道，便于马队运输。在它的后面，修了一排房子，有给护卫的士兵住的，也有可以贮藏货物的房子。而其中有个房间可以一直通到山中间的洞窟里，外面根本看不出来，很是精巧。旁边也修了些洞窟，说是为将来准备的。就整个地下建筑来说，是山上旧城堡的两倍多，无论在气势还是布局上，都远远高过它。

新城堡落成的这一天，在新的议事大厅里，所有人聚在一起。

"大家静一静。今天应该是我们自进入这城堡以来最值得纪念的一天。当初，你们五十个人跟着我来到这里，白手起家。在大家的共同努力下，我们现在的贸易额已经占到了蒙古草原的三分之一了。现在大家也都有了落脚的地方，不但不愁吃不愁穿，而且有了很多盈余。那我们接下来应该做些什么呢？我有个梦想，就是要让大家和我一样都有自己的小家。以你们现有的经济能力，娶妻生子根本不是问题。只要你们结了婚，就会给你们分配地方。你们就可以开开心心地过小日子。我已经打听好了，这段时间投靠我们的人中有不少能工巧匠，有画师,有大夫,有铸造师,还有酿酒师。我要让他们发挥各自的特长,丰富我们的生活,让大家按照自己喜欢的方式生活,活出精彩的自己。"

"我们感谢你。""真是我们的好首领啊。"大家乱哄哄地叫着。

巴特尔做了手势,让大家安静了下来。他接着说道:"不要感谢我,要感谢你们自己。听从心声,远离战争的摧残,走上了一条自由的道路。但我在这里还是要感谢所有帮助过我们的人们,是你们的无私、你们的善良成就了我们这些人的今天。来,大家共同举杯,敬以额尔德木图为代表的善良的人们。"整个大厅里都沸腾了,到处是欢乐的人群。他们把额尔德木图团团围住,喝着,唱着,跳着……这里就是我们的家,就是大家的家。

那天,兄弟俩高兴得喝了个酩酊大醉,开心得像个孩子。看着我们已经走上了正轨,额尔德木图也真心替巴特尔高兴。我也是心潮澎湃,久久不能平静。想当初五十人逃到了这里,吃饭穿衣都成问题,而现在我们不仅拥有了自己的城堡,人员也已有两百多人,还开辟了属于自己的商贸通道,组建了商贸团队,每十人一组,共有十八个小组。财政状况在朝鲁的精心打理下,更是改善了不少。共有的财物里贮存了大量的黄金、白银及其饰品,以备急需。仅这次每人得到的分配,已不仅仅是解决温饱了。现在拖家带口的人虽然不多,但巴特尔想让那些单身的人能和我们一样,有机会组建自己的小家庭。他让毕力格又扩建了多座洞窟,就是考虑到这些的。还有我们的寝宫,里面配置了大量从汉人那边换回来的绫罗绸缎、瓷器,这都是我以前不敢想的。看着熟睡中的兄弟俩,想着他们联手打造的这一切,我在心里默默感谢上苍对我们的厚爱。

139

第二十二章 彩色壁画

　　漫天的鹅毛大雪飘舞起来，给草原披上了银装。和往年不同，今年的雪下得大而猛，持续时间也长。我们的商队在运输中遇到了困难，翻越阿尔泰山更是不可能了。巴特尔干脆让商队全体休息，连草原里额尔德木图那边的交易也停止了。好在前段时间悄悄储备的大量粮食、酒、谷类够吃几个月的了，所以也没有什么问题。这时，他叫来了毕力格、朝鲁，还有商队队长。

　　"今天叫你们来，主要是有个想法一直在困扰着我。我们这么多的洞窟，有没有可能让他们贯通起来？毕力格，你说说看。"

　　"当然可以，只要做好规划，避开一些薄弱处和住人的地方就行了。这里原来的洞窟我全都了如指掌，哪些该避开我心里有数，就是需要大量的人手。"

　　"人手是没有问题的。我要你考虑的是安全性的问题。现在冬季下起了雪,商队已全部停止了运输。"

"我们商队出人力是没有问题的。只要毕力格说每天要派多少人,我会按数给你。"

"安全问题你们放心,有我呢。"

"朝鲁你怎么看?那天我们一起去检查货仓的时候就有这个想法了。"

"我也同意,这样活动起来方便多了。以后,货物多了储存起来也方便些。"

"既然大家都同意,我看这样,山上的宫殿现在空了下来,前段时间已经让毕力格修缮过了。你们几个,加上朝鲁的儿子,还有护卫队长查干巴拉,都搬进去。住人的洞窟毕力格好好规划安排一下,腾出来的货仓,加上新建的洞窟,再斟酌斟酌怎么样安排最好。走,我们一起去看看。"

漫天大雪啊,
覆盖着草原。
万物蛰伏于,
厚厚的洁白,
只为等待你。
来年的春天,
我将使你融化,
使你春色满园。

"你融化了谁呀,我的小萨日?"巴特尔不知道什么时候回来了。

"融化了你呀,还能有谁?"

"哈哈,你知道我心甘情愿呢。"

"贫嘴了吧?来,喝碗奶茶暖暖身子。冬天真好!"我倒了碗奶茶递了过去。

141

"为什么？"巴特尔笑嘻嘻地看着我。

"我可以有大把大把的时间和你在一起。"

"难怪这么开心了。我也喜欢冬天。"看他一脸的坏笑，就知道在逗我了。

"你又是为什么喜欢呢？"

"因为小萨日开心，我又听到动人的歌声啊。哈哈，不逗你了。今天那个乃蛮的画师对我说，想把我们也画进彩色的壁画里，你愿意吗？"

"就像山顶的城堡里的那种？"我真的蛮心动的。

"是的。他想把我们也一起融进画里去。我想看看你愿不愿意。"巴特尔很是期待。

"有你在，我当然愿意了。"

第二天，我们一起出现在画师面前。看着眼前五颜六色的瓶瓶罐罐，还蛮好玩的。看我感兴趣的样子，画师开心地介绍起来："这些都是矿物原料，它们能使色彩保留长久。"

"哦，用矿物作画？"我一看就喜欢上了。

"是的，你看我完成的部分。"画师很是得意。

"那你的这些矿粉怎么来的？"

"这有点儿复杂，有好多的工序。总之把矿物质磨成粉，然后我会用特别的东西把一些不纯净的杂质给去掉，只留下很细很细的矿粉就可以作画了。"

"我很喜欢，好漂亮的色彩。"我从心底里喜欢上了。

"是的，这是我们吐蕃画的特点。"

"你是吐蕃人？"巴特尔诧异地问道。

"是呀，我的祖先是吐蕃的画师，我们代代相传。山上宫殿里的壁画我去看过了，应该是吐蕃时候的作品。"画师很肯定地说道。

"我母亲的祖先就是吐蕃的王族。"巴特尔边说边看着他画完的那部分画。

"难怪夫人佩戴着我们吐蕃的黄金面具。"我是穿着结婚时的藏袍去的,想要把最美的时刻留下来。

"哦,你为什么说山上的壁画是吐蕃时期的作品?"巴特尔满怀期待地看着那画师。

"因为那是在白画的基础上填色赋彩而成的。就是说,先在画面上画好白画,然后填色。填色时,要做到色不掩盖其他的色彩,做到色彩互补。画工的技巧就在于能否减少五色叠韵的层层堆砌,不用起稿线、轮廓线、定型线等,反复修整。要让画面层层晕染,相互映衬,使人物饱满,画面立体。"

"这么多学问啊,听着都晕了。那我们山上的旧宫殿是吐蕃时期建造的?"我是越来越感兴趣了。

"建筑我不懂。但我可以确定的是,壁画肯定是那时期的作品。吐蕃王朝时期所作的画重淡雅,轻浓墨。你看人物素面不加晕饰,颜面洁白如玉,双颊红晕,朱晕凹凸,突出了立体感。"

"那我想知道你现在的作品是属于什么风格的?我真的很喜欢你说的这些。"我听得入了迷。

"既然夫人喜欢,那我就仔细给你说说。我的祖先是吐蕃松赞干布时期的画师。松赞干布统一了吐蕃全境,这时,唐朝高度发达的政治、经济、文化引起了他极大的注意,就与大唐建立了友好的关系,并与唐朝通婚,娶了文成公主,引入了大唐盛世的文化。当时文成公主入藏时,陪嫁了好些佛主释迦牟尼的画像、佛经以及各种典籍和珠宝、丝绸、农业种子等等,也使得吐蕃国力强盛起来了。因为松赞干布和文成公主都是虔诚的佛教徒,所以他们在吐蕃大兴土木,增设了好多寺院,而且规定寺院享有很多特权。这样,崇尚佛教的人就越来越多,寺院经济盛况空前,这时就兴盛了石窟艺术。我的先祖就是那时期的密宗画师。那时期的密宗画多以观音像为主,比如千手

第二十二章　彩色壁画

观音、如意轮观音、十一面观音等等。画风摒弃了唐人画中菩
萨的雍容华贵、比例适度、矜持之态，突出了吐蕃时期壁画人
物像体型优雅的自然之态，不做作。画中也融入了一些市井之
人，不完全被宗教所局限，有浓郁的生活气息。人物个性鲜明，
画面饱满，也使艺术气息增色了不少。而这时线描的成熟，更
增加了人物的体态美和韵律感。密宗画有遒劲奔放和细丽雅
致两种风格。比较有代表性的是《弥勒经变图》。此经变图分两
个部分来表达，前景表现为弥勒在龙华树下的说法。三组说法
的场面呈'品'字形结构，下面的第二部分就表现了一些佛教
徒和市井人物的生活场面，有忙于耕作的农民和农妇，也有新
人的结婚场面，就连送老人入墓也纳入了画面，开创了吐蕃画
作的先河。如果有幸能目睹这壁画的风采，就死无遗憾了……
对不起，我说远了，一说到这些我就停不下来。现在我来说说
色彩。你们现在看见的这金色，其实就是金粉。"

"金粉？"

"嗯，就是用真的金子磨出来的粉。这个是蓝宝石和绿宝
石的粉。我们的画主要以红、黄、蓝、绿、白、黑、褐色为主。人的
皮肤用黑、白、黄，天空则是浅黄、淡绿和淡红色。这样的色彩
渲染，色阶分明，立体感强。"

"哦，难怪色彩那样亮丽。天啊，把金子画在石壁上，这是
怎样的一种大爱啊！"

"夫人说得是。我们对于壁画就犹如爱惜自己的生命般宝
贵。我们现在开始作画吧？"

"可以，开始吧。你先给我夫人画，我抽空也会过来的。"巴
特尔说完，看看我就准备往外走，"我还有事情。"

"好的，还有个问题。我们吐蕃画都是以佛教的内容为主，
我知道你们信的是萨满教，会介意吗？"画师说完，看着巴特
尔。

"这有什么好介意的。第一，我的母亲就是吐蕃的后代。第

二,成吉思汗现在也号召大家信仰自由嘛。"

"古尔汗英明。那在画面上我会注意分寸的。"画师笑着点了点头。

"很好,就按你的习惯作画吧。只是这里只有塔林巴特尔,没有什么古尔汗。"

"是。"

巴特尔听完画师的话,心里那个急切啊。他从小就常听母亲说起她自己家族的来历,也知道有个先祖避难的宫殿。但因为当初他们是来避难的,慌乱中找到了个可以立足的地方,人生地不熟的,又不敢大肆张扬。后来,听说在唐朝的打击下,又相继爆发了奴隶起义,由松赞干布统一起来的不同部落的联合体,历经二百多年分崩离析,吐蕃解体了。他们哪甘心啊,吐蕃王的血脉还在这里呢,他们就计划着离开这片荒凉之地,重新建立新的政权。就在建好新址,准备回头取回大量存留的宝物时,却怎么都找不着原来的那个宫殿了。这也成了母亲她们家族的秘密,代代相传。难道这里就是吐蕃先祖建立起来的那个宫殿吗?就是母亲家族代代相传的那个秘密吗?不可思议,真的不可思议!他一路小跑,找到了正在喝酒的毕力格。巴特尔一反常态,抓住毕力格的手就把他拖到了那组壁画前。因为激动,那饱经风霜黝黑的脸庞上,泛着微微红晕:"毕力格,你知道这壁画是什么时期的作品吗?"

毕力格被塔林巴特尔的举动搞糊涂了,有些二丈和尚摸不着头脑:"不知道。你今天是怎么了?"

巴特尔没有接腔,而是顺着自己的思路问着毕力格:"以你的经验,能看出这个古堡是什么时期建造的吗?"

毕力格这才定下神来,看着巴特尔:"那我可不能断定。以我的经验来看,应该有百年以上的历史了,具体是不能确定的。但有一点我可以肯定,从古堡的建筑风格来看,肯定不是我们这一带的式样。不过,从中我学到了不少以前没有见过的

第二十二章　彩色壁画

145

东西。"

巴特尔有些失望,他还是不太死心:"那如果我能确定这壁画的时间,建筑必定早于这壁画了?"

"那是当然,这个可以肯定。最少也是同时期的。"

看着毕力格疑惑的眼神,巴特尔没在说什么了。他拍了拍毕力格的肩膀,拉着他一起去喝酒了。

晚上,巴特尔和我说这事的时候还在激动和感慨着:母亲她们家族两百多年来寻找的东西,就这样被他无意中发现了,这就是天意啊!还有,祖先们一心光复吐蕃王室的重任,历经努力,都没有成功,却在无意中帮助自己渡过难关,开辟出这片天地来,这也是天意啊!所以,他更加坚定了自己所走的路。不要狭隘地禁锢在所谓家族的荣誉上,而是要顺应天时,与时俱进,向前看,才能走得远。

巴特尔那深邃而睿智的目光,在那一刻深深印在了我的心里。我知道这才是我的爱人,才是最值得我爱他的地方。

接下来,只要有空,我和巴特尔就去画师那里。每每看着画师饱含热情、忘我的创作状态,我都感慨人生的丰富和美好,也从心底里感激巴特尔,他为我们打开了一扇窗,让我们看到了一个不一样的世界——以前想都想不到的美好世界。

等到画师把我的画初步完成后,看他把我画得好美啊,不由得羞红了脸。看着我正疑惑地盯着画中我的头上看,那画师赶紧说道:"这是我们吐蕃人王妃的王冠。你母亲大人是我们吐蕃王室的后代,你们在我的心里就是这样子的,无冕之王。所以,请古尔……塔林巴特尔别见怪。"

"我特别喜欢这色彩,好美啊!"我被画面震惊了,由衷地感慨着。

"那我的画中就别画这个了。"巴特尔指着我头上的王冠,对画师说道。

"是。"

"哦,对了,我一直想问你,你们吐蕃的画师有什么讲究吗?就是说可否让一些感兴趣的人来看一看、学一学?"

"当然可以,只要他们有兴趣。"画师拿出几种颜料调了起来。

"有,我就很感兴趣。"我急切地说着。

"哈哈,知道你有。也不看看人家有什么禁忌没有。"

"没有没有,只要夫人喜欢,可以来看看学学的。"看着他在调色,真的好吸引我,很神奇的颜色变化。

"我们在做刺绣的时候,脑子里就会有个画面,然后通过自己的手再绣出来。画师,你作画也是这样吗?"

"夫人说得极是,其实你们做的刺绣也是门艺术啊。我们画画也一样,是先在脑海中有个意向的。这就是异曲同工啊。"

我总算是有点儿明白了:"难怪那波斯人竟用宝石换我们的刺绣呢,之前怎么也想不通。"

"是呀,那是艺术价值的体现啊。不是我夸你,夫人的艺术天分很高啊!"

"巴特尔,你看,我们的刺绣也是门艺术呢。要是奶妈还在世就好了。"说完,我的眼神黯淡了下来。

"哈哈,知道我的夫人了不起。不然,那波斯人怎么一路跟着我,非要和我换刺绣作品不可呢?"巴特尔知道我想起奶妈伤心了,努力哄着我。

"夫人来学学作画很好,这样可以融会贯通的,对你以后的刺绣也能有所帮助。"那画师也看出些端倪,真诚地看着我。

巴特尔摆摆手,对着画师说道:"我想的可不是她一个人。你看,冬季我们的运输全部停止了,空余的时间就有很多。我想让他们多学些知识,只要他们喜欢就烦你教教他们,也可以普及画作背后的文化。"

画师点点头:"这没问题的。"

"当然不能白让你教。你可以按吐蕃的规矩,该怎么收费就怎么收费,比如拜师学徒什么的。我已经让朝鲁给你记下了。"

"嗯,好的。谢谢塔林巴特尔。"画师感激万分。

"还有,那天听了你说的有关松赞干布时期的一些政策和背景,我想了很多。你能不能准备下,给我们讲讲吐蕃时期的唐朝经济、历史和文化? 如果实在不行,就说说你祖先认识下的吐蕃也行。我对这些更感兴趣。"

"这太好了! 我们家族几代人都历经了整个吐蕃的繁荣、衰亡。只要你们感兴趣,把我们的传统文化传播出去,这也是功德一件啊!"画师一激动,调着的颜料洒出来溅到他脸上,我们都笑了起来。

"那好,我和夫人第一个报名。哈哈。"

就这样,在那洞窟前,画师给我们详细地叙述了吐蕃的强盛和唐朝的一些先进历史文化,这让大家打开了眼界。想想外面的世界竟是那样精彩,大家都有很多感慨。我的学习热情更加高涨,巴特尔看在眼里也深感欣慰。

第二十三章　大哥来访

一天,吃过了晚饭,我又像往常一样,拿起针线在给额尔德木图做着棉袍。我看他上次来穿的那件袖口都磨坏了。

"萨日,快跟我走,带你见一人。"巴特尔拉起我的手就往外走。

"去哪儿呀?"

"你来就是了。"巴特尔把我带到了额尔德木图的房间。

"大哥?"我揉揉自己的眼睛,都不敢相信是真的。

"萨日,是我。"

"天哪,真的是大哥!"我激动得热泪盈眶。

"看看,都多大的人了,还爱哭鼻子。"大哥嘴上这么说,眼眶也是湿润的。

"你怎么来了? 好想你们啊。"

"我可是代表全家人来的。怎么,不欢迎? 来,拥抱一下,小萨日。"我和大哥紧紧地拥抱在一起。

"大家都坐下说话吧。我去拿些奶茶来。"巴特

尔说着转身往外走。

"巴特尔,我们都去寝宫吧。你拿东西去那里。"

"好的,你带大哥和额尔德木图先过去,我马上就来。"

"巴特尔怎么事先都不告诉我?"我不禁埋怨起来。

"嫂子,你别怪大哥。他是怕我们有什么意外不能来。如果事先告诉了你,怕你失望呢。"额尔德木图赶紧解释着。

"萨日,你嫁给巴特尔我们都为你高兴,特别是你嫂子托娅。这不,她给我下了最后的通牒。我要是再不来就不让我进家门了。"

"哈哈哈哈……"我们都大笑起来。

"说真的,你二哥阿古达木本来也要一起来的。可我和额尔德木图考虑到人多不安全。特别是我们兄弟俩一起走,怕引起别人的注意。"大哥满脸的遗憾。

"我明白的,大哥。你能来看我们,我就非常开心了。"看见大哥,一下子就勾起了我的思乡的情愁,家人的面貌都在我眼前晃悠开了。

"萨日,我们有好几年没见面了吧?"

"嗯,算来已经有五六年了。"

"这么久了……时间过得好快呀。"

"是呀,那年我回去了一次,你和二哥跟着成吉思汗去攻打西夏了,没有见到你们。"

"嗯,是的。你嫂子说了。"

"巴特尔,一路上额尔德木图都在和我说着你们现在的情况,看见你现在的成就,真为你们高兴。"

"大哥过奖了。额尔德木图帮了大忙,如果没有他就没有我们的今天。"巴特尔给每人倒了碗奶茶递了过去。

"都是安答,说这话就见外了。"额尔德木图笑着说道。

"是啊,众人拾柴火焰高嘛。巴特尔,你有一个好安答啊。说到安答,我就想起了你的父亲。他以那样的方式结束了生命,对成吉思汗的打击很大啊。"

"我明白。巴达尔图和哈撒尔的关系改善了吗？"

"没有,只有越来越大的间隙。特别是老夫人诃额伦自从那次夜袭训子后,身体每况愈下,生了场大病。本以为除掉阔阔出他们的关系会改善些,可哈撒尔还是削减了巴达尔图的部众。老夫人劝说没有成功,急火攻心撒手人寰了。而娜布其夫人不久也郁郁寡欢地走了。"

"老夫人过世了？"我吃了一惊。

"是啊,这个巴达尔图可是个孝子。哈撒尔无论怎样对他,他都能忍受。可老夫人为了他们的事情而过世,他在心里是没法原谅哈撒尔了。现在成天躲在科尔沁,哪儿也不去了。"

"这个事情我也听我阿爸说了。到头来,兄弟俩闹成这样,也是可悲的。"额尔德木图一脸的惋惜。

"那阔阔出在地下也不知道会怎么想。虽然他成功地离间了这二人,对他自己也没有好处啊,还不是落得个腰斩的下场。"我恨恨地说着。

"那不一样啊,有些人就是不能看见别人比他好。"

"大哥说得是。这些个权力的纷争确实影响了人的心智。"

"可不是嘛,这就是我和额尔德木图羡慕你的原因。我们都不得不在这个圈子里周旋啊。"大哥的脸上写满了对巴特尔的欣赏。

"我明白你们都不容易,而我的情况有些特殊呢。"巴特尔谦虚着。

"你的不易我都看在眼里。你不仅没有陷在你父亲留下的泥潭里,而且还闯出了自己的天地,我们从心底里敬佩你,真高兴你给我妹妹这么好的未来,来,干一杯！"大家一饮而尽。

"谢谢大哥！我还是有些担心。"巴特尔放下酒杯。

"哦,说说看。"

"成吉思汗建立蒙古汗国后就把人口按千户分给了千

151

户长。我们这里按说是属于哈撒尔的管辖范围。我现在也不敢……"巴特尔抬头看看我，"这个事情在我的心里酝酿好久了。只是考虑到萨日的感受，所以一直没有和她提起过。"

"说说吧，萨日要是想不通，有我呢。"大哥摆摆手，看着我说。

"我是这样想的，成吉思汗提出了千户制，按说我们的地界属于哈撒尔。但哈撒尔早就把这儿划归了巴达尔图。如果我按大汗的规定去申报千户的话，莫日根那里可能不好过关。而且没有不透风的墙啊，萨日会被他们发现的，我最担心这点。"

"大哥说得极是，我也考虑过这个问题。眼下是没有什么的，刚建起来的国家，到处是游兵散勇。而且这里又是山区，平时根本没有人往这边来。但从长远打算的话，最好想个万全之策。"额尔德木图接着说道。

"嗯，我也有过忧虑。从哈撒尔的角度，他对你的父亲还是有着很深的感情的。如果他知道是你在这里，又不会对他有什么威胁的话，应该是不会怪罪你的。"大哥说。

"这点我想过。别的人应该都没有什么的，只是要防莫日根。"额尔德木图显然经过了深思熟虑，"这个莫日根如果像他的父亲巴达尔图一样开明就好了。我在他们身边也有几年了，对他们还是有些了解的。巴达尔图受他的母亲娜布其夫人的影响很深，骨子里家庭观念很重，也很勇猛顽强。而莫日根比他的父亲就逊色多了，思想简单，极易受到情绪的影响。"

我大哥示意他继续说下去。

额尔德木图看看我，继续说道："不管哈撒尔与巴达尔图有多少矛盾，巴达尔图内心还是向着哈撒尔的。出征西夏时，他巴达尔图还是打的头阵，一点儿也不落后。他的内心里装着的是整个家族的荣誉。莫日根就不会这样了，他的内心里只有自己眼前的利益。就拿派我来这里建立商贸团队来说吧，蒙古草原的连年征战，根本就没有人再到这里做生意了。我与我们乃蛮部的旧人好不容易建立了一些联系，他非要说三道四。我也不能跟他硬着顶，只能周旋。巴达尔图的意思就是全权交给我。可我找莫日根要人保护商队，他给我派的都是什么人啊，整天喝酒、摔跤、打架，我还要跟在他们后面哄着。"

听额尔德木图提到莫日根，我心中对他还是有怨气的："莫日根自己也那样。只要不打仗，几乎每天都醉醺醺的。刚开始的时候，他还行。就那次和脱里汗的之战后，他就变了——战争改变了他。"

"是啊，不过他在战场上还是没变，敢打敢拼。我觉得可能是后来哈撒尔和他们家的矛盾使他受到了影响。"大哥巴根若有所思地说。

"那大哥怎么看这件事？"巴特尔看着大哥问道。

"我觉得这件事也没必要太着急。就像额尔德木图说的，成吉思汗不可能一下子就把什么都理顺了。等找到合适的机会，我会在他面前提起你的，先看看他的反应再说。至于莫日根……你们小心就是了。只要成吉思汗不追究你们，他也不敢拿你们怎样的。"

"大哥说得是，我心里的石头也落地了。"

"巴特尔，你看大哥赶了那么久的路，就让他们早些休息吧。你们就住寝宫里，有什么话还可以聊聊。我去额尔德木图的房间。"我站起来准备去拿自己的褥子。

"哈哈，不用。我来了，把你们分开那怎么行？这样，我还是去和额尔德木图作伴吧。额尔德木图你看怎样？"

"巴根大哥不说我也要说的，这样最好了。"额尔德木图说着就拉着大哥要走。

"那好吧，你们就好好休息。我明天带着大哥看看我们的城堡。我想，这里应该没有人认识巴根大哥，就和他们说大哥是来谈贸易的。"

"嗯，客随主便吧。"

第二十三章 大哥来访

153

第二天,我们带着大哥在老城、新城里转了转,巴根大哥赞不绝口,很是感慨。当他走到我们的画师那儿,看着看着也着了迷,问:"这个是洞窟画吧?"

"是的,我的先人就是密宗画师。"

"哦,难怪呢。你去过西夏的阿尔寨吗?"

"没有,我们是吐蕃的画师。"

"哦,我随便问问。"

回来后,巴根大哥给我们讲了他在随成吉思汗第二次攻打西夏国的时候看到过的石窟:"那是在西夏的一个叫阿尔寨的地方,我们发现了一个石窟群,准确地说,是集寺庙、石窟于一体的佛教建筑群。它离地面很高,有七八十米。顶部和你们的城堡一样,是平台形的,东西长约三百米。和你们这儿不同的是,在西北角有一块向外衍生的小山嘴。它的背面就是二十米高的悬崖峭壁。在直立的山崖四周,分上、中、下三层雕刻着不同时期的石窟群,以西南面最多。山顶建有六个寺庙,有相关的人员在驻守。奇妙的是,环山部分凿有六十五座石窟,石壁上刻有大大小小的浮雕式佛塔二十五座。在山顶的西边,还建有小型的蒙古包,是他们平时祭祀用的。而洞窟里画着五颜六色的壁画,不仅有佛主、僧人,还有平民百姓、帝王妃子、山川草原、飞禽走兽等等,琳琅满目,色彩斑斓。成吉思汗也被惊到了,我们在那里停留了好几天。今天看见你们的城堡就想起阿尔寨来了,真的很像很像啊!那画也像,那里的王妃头上就戴着萨日画里的那王冠。所以没忍住就问了你的画师。"

"好神奇啊!成吉思汗也看见了?"我从来就对新鲜的东西有兴趣。

"是的。他还很感兴趣呢,他下令不准任何人破坏里面的东西,只准欣赏。"

大哥说的这番话也使我们深感意外。

"那有可能我们的旧城堡就是西夏人建的呢。"

"哈哈,萨日,不可能。你看这个城堡不是现今建的,毕力格说最起码也有一百多年的历史了。"

"这么久了啊,保存得还不错。"

"是啊,那阿尔寨石窟的历史怕是更久了。成吉思汗问了里面的人,他们说总有好几代人在那里驻守了。"

"我只能感慨天下之大,有多少需要我们去了解和接受的东西啊,还何必去争个你死我活的。如果有可能,我真想带着萨日去亲眼看看。"

"巴特尔说得是啊。现在你们好了,好好珍惜吧。"

"我们会的。大哥,反正你现在暂时也没有事情,就在我们这儿多住几天,好好感受一下。"

"哈哈,我怕这一住就不想离开了。额尔德木图,你说是吗?"

"谁说不是呢,巴根大哥。你看我的房间,嫂子一直都帮我准备着,随时欢迎我来住啊。说不定哪天,我真的就不离开了。"

"你看,妹妹偏心了不是。真心羡慕你们啊,哈哈……"

"大哥,你心里还装着大嫂,装着我们朵鲁班啊。"

看到大哥脸上的遗憾,巴特尔赶紧站了起来:"大哥饿了吧?走,我们去喝酒去。"

本来是要高高兴兴地留大哥在这儿多住几天,可那天晚上大哥突然生起病来,浑身烧得滚烫,还说着胡话。这可急坏了我们。巴特尔想起有个乃蛮的大夫投靠了过了来,就赶紧把他找来了:"你看,他这是怎么了?"

"可能是着凉了。这样,你们从外面弄些干净的雪回来,放火上化掉。化掉就行,不要让水烧热。我去拿些东西来。"

"夫人,你用干净的布在这水里打湿后,放他额头敷上。如果布热了,就在水里凉了后再给他敷上。"

"好的,我明白了。"

"这里有些草药,你赶紧让人煮水给他喝下去。"

"好,我这就去。"巴特尔接了过去。

额尔德木图和我不停地给大哥冷敷着,看着体温是正常了,可还没能保持一会儿就又烧起来了。我急得直掉泪。就这样折腾了一晚上,也没见好转。

这时,巴特尔也开始着急了。大哥的嘴角干裂干裂的。那大夫又让我们装些水来,给大哥一点儿一点儿地喂了下去。

"大夫,你也一晚上没合眼了,要不你先回去休息一下。你说怎么做,我们照办就是了。"

"嗯,现在看也没有什么好办法了,就先这样再观察观察。"

"他到底得的是什么病?"

"应该是着了凉,加上他可能不太习惯城堡里的生活。"

"哦,那烧退下去就好了吧?"

"应该是的。这药还是要吃的,让他发发汗。你们多喂几次水给他喝,但每次不要太多。"

"好的,你快去休息吧。"

"嗯,我睡会儿,醒了就过来看看。"

"好,辛苦你了。"

"额尔德木图,你也去我们的寝宫休息会儿吧。"

"我没事,还是让嫂子去睡会儿吧。"

"你看大哥这样,我能睡得着吗?你和巴特尔都去睡,这里有我呢。巴特尔你不去,额尔德木图也不会睡的,快去吧。"

大哥就这样时而清醒时而糊涂地折腾了三天,终于好了起来。我和巴特尔这才松了口气。要是大哥在这里有什么三长两短的,那可怎么好?

"谢谢你,大夫。这几天真的是辛苦你了。"

"这没什么,能好起来就是最好的事情了。"

"是啊,可吓坏我们了。"

"幸亏这位大哥身体强壮才扛了过去,不瞒你们,我也后怕呢。"

"真是万幸!大夫,你是在乃蛮行医的吗?"

"我出生在行医世家,跟着父亲在乃蛮的军营里行医。那次,成吉思汗攻打我们乃蛮部,我的父亲不幸被杀。还好,我逃了出来。"

"哦,难怪我没有见过你。我也是乃蛮人。"额尔德木图说道。

"我听说了,塔塔统阿大人的公子是你吧?"

"大夫,他们是来和我们做贸易的尊贵客人,到外面就不要说起了。你每次给我们城堡里的人看病,就让朝鲁给你记下。如果空闲你想和马队出去采采药什么的,我会和他们打好招呼。"

"明白了,谢谢古尔汗。"

"你可是我们城堡的宝贝啊。这里没有我可以,但离开你不行。所以要好好保护,哈哈。"

后来,大哥在我们城堡里又住了三天,这才和额尔德木图离开了。我和巴特尔想想也都后怕啊,感叹着生命的脆弱。失去至亲的伤痛我们都曾刻骨铭心,还有什么理由不好好珍惜现在来之不易的幸福生活呢?

第二十四章　短兵相接

　　就这样,整整一个冬天,毕力格带人按照他的计划每天挖掘。等我们过完新年迎来春天的时候,山体中间的洞窟也全部打通了。毕力格不愧是建筑高手,他还想到了在山体中间的一个通道中,开辟出一条通向山外的路。他告诉巴特尔,这通道在紧急情况下,可以作为撤离的秘密出口。更为意外的是,在这条通路的最低处,有个地下水源冒了出来。这个发现让他们兴奋不已,谁能想到这群山间还有地下水呢?也只能感叹建造这个城堡的先人有着超人的智慧,因为毕力格怀疑,他们早就发现了这个水源,并且一直在饮用这里的水。这个发现也让我们吃水的问题得到了解决,我们再也不用每天跑很远用马拉水回来了。朝鲁和巴特尔在这些洞窟全部贯通后,做了个详细的规划图。他们标注好每个洞窟的位置以及存放物品的详细清单,除了住人的洞窟,其他空余的也都做了安排。而这时,绘画师鲜艳夺目的彩色壁画出现在我们的眼前,他用色彩点亮了我们整个城堡,令人惊叹。画师还把我们萨满教和佛教的内容一起融入了壁画中。看着画中的自己和巴特尔,我心中无比温暖。

随着春天的来临,万物复苏,大家又都忙碌开了。商队经过了一个冬天的修整,又上路了。渐行渐远的队伍不见了,夕阳的余晖洒在群山间,给群山蒙上了一层神秘的色彩。而远处的大地,静静地臣服在一片寂静中,唯有那落幕的夕阳在一点儿一点儿地跳跃着,仿佛是一个鲜活的生命。

"真美啊!"巴特尔不由得发出了一声感叹。自进入古堡以来,无数次地看过眼前的景象,可怎么都看不够。他正在按照自己喜欢的生活方式活着,每走一步都是那样小心翼翼,然而却更加的坚定,他第一次感觉到了自身的价值。这使他陷入了深深的思考:"生命的意义是什么。从铁木真身上,从他父亲身上,从他自己这些年来的经历,他看到了每个人的价值。铁木真少年时的艰难困苦,历练出勇猛善战、出类拔萃、坚韧不拔、卓越不凡的超人品质,所以他的使命就是一统蒙古各部落,带领着蒙古人民脱离连年战争的痛苦,安居乐业。而父亲札木合也曾是蒙古东部的一代枭雄,铁木真之所以强大,父亲也功不可没。可惜的是,父亲到死也没能正确地认识自己,在狭隘的"血统论"的打击下走上了毁灭之路。而我则看清了事情的本质。虽然我没能带领札答兰人走上正确的道路,但也开辟出了一个全新的生活,也使我更加深刻地认识到了生命的意义。我会在这条路上坚定地走下去,以这样的生活方式影响更多的人。生命并不都是为了建立什么丰功伟业,只要你以积极的生活态度去面对人生,留下的那些闪光点和美好的品质也足以影响着你身边的人。比如画师,比如毕力格,比如朝鲁,比如我的好兄弟额尔德木图,还有许许多多普普通通的人……这就是我们生命的意义。"

"巴特尔,我在到处找你。在发什么呆呀?"我的呼唤打断

了他的沉思。

"没有，好久没额尔德木图的消息了，有点儿想他。"看到我气喘吁吁地爬上瞭望口，他扶住我指着远方，"你看，美吧！"

"就是呀，我每天都看不够。说真的，好久没收到额尔德木图的信了。要不要派人去找找他？"

"还不是怕他身不由己嘛。唉，如果有一天他能彻底摆脱束缚和我们生活在一起就好了。"

看见巴特尔落寞的眼神，我抓起他的手说："走，我带你去一个地方。"

"这是去哪儿呀，这么神秘？"

"去了就知道了。"

巴特尔被我拉着，只能乖乖地跟在我的后面。我把他带到离我们卧室最近的一个空房间里。

"你还是派人把这个房间准备准备吧。"

"为什么？谁要来住？"

我笑盈盈地看着他，拍了拍肚子。

"我要当爸爸了？老天呀，好萨日，怎么不早告诉我？总有一天我要让这些空房间全住满，哈哈……"他抱着我转啊转，幸福在我们的城堡里溢满。

这次怀孕和前两次明显不同，反应不是很大，而且身体状况出奇的好，没有什么不适。巴特尔看我这样也很高兴，很快就准备好了婴儿室。他还憧憬着以后要引入汉文化，让我们的孩子也接受汉文化的教育。从朝鲁介绍茶马古道开始，他就已经对汉文化着了迷。后来又接触了画师介绍的吐蕃及大唐盛世，令他对汉人的政治、经济、文化、历史有着更为深刻的理解。他知道，汉人有着非凡的智慧，这为巴特尔打开了一片天，有机会他自己也会跟着一起学。他还要让这里的人们都学习文化知识，让每个人都各尽所能，各司其职，用知识武装自己，不要成为聋子、瞎子。

看着巴特尔英俊的面庞里显露出的坚毅、睿智、谦和、善良，我就在心里默默地感恩着上天，此生足矣。

俗话说，针往哪里钻，线往哪里穿。我们的商队通道还是引起了盗马贼的注意。就在我们的第三小队运着从波斯人手中换回的大量珊瑚、金银器，还有鎏金马鞍等，走到阿尔泰山口的时候，他们发动了突然袭击。我们十个人的小队里除了配备的乃蛮人是专做交易的，其余八个是能征善战的蒙古人。可这些盗马贼早有准备，而且是从上往下突然发动了进攻，所以还是抢走了货物，打死、打伤了我们的人。好在查干巴拉带着第二小组商队跟在后面呢，加上后面的第三小组的商队及时赶到，他们才合力打败了盗马贼，把货物又抢了回来。

查干巴拉带领着商队挖了大坑，把杀死的盗马贼给埋了。只是这盗马贼里有个人以前是跟着巴特尔的。自巴特尔离开后，他一直在阿尔斯楞手下做事，不知道怎么做了盗马贼。商队队长查干巴拉看见是旧部下，没有忍心杀他，就把他带到了城堡里，哪知从此埋下了祸根。

这天，商队进城堡后，把伤员带去大夫那里，又厚葬了死者。商队队长查干巴拉这才把被俘的人带来见巴特尔。盗马贼叫布和。

"自巴特尔离开阿尔斯楞后，那些贵族就推举阿尔斯楞做了古尔汗。那阿尔斯楞一心想着复仇，也正合他们的心意。但成吉思汗建立大蒙古国后，开始了分封制。所以他们也不能在一个地方久留，到处漂泊。时间长了，难免就会有矛盾。一些人想着趁成吉思汗大军在攻打西夏时去偷袭守军。可留守的怯薛军非常厉害，去偷袭了几次都没有成功，就更加剧了内部矛盾。他们一会儿合一会儿分的，我也实在是厌倦了。想想以前我们的泰赤乌，还有塔塔儿，还有已经投靠成吉思汗的兀鲁兀惕与忙忽惕二部，这样的队伍还可以和铁木真一较高下。现在

的这群人就是乌合之众啊。这时正好遇到了儿时的发小，他在苏赫巴鲁手下做盗马贼。想想做盗马贼也比他们那样安逸，我也就跟过去了。"

"你做盗马贼不也是提着脑袋过日子吗？"看着眼前这个魁梧的年轻人，巴特尔觉得不可思议。

"没办法啊，谁愿意过这样的日子。"

"那你为什么不回家安安稳稳地过日子呢？"

"我老婆也这样劝我。可我不甘心。"

"怎么讲？"

"我和巴达尔图有杀父之仇。我是泰赤乌人，他们杀了我全家。"

听到这儿，巴特尔皱了皱眉头："哦，明白了。你先下去好好休养吧，等伤好了再说。"

"是。"

"查干巴拉，你留下。"巴特尔示意他坐到面前。

"塔林巴特尔，我……"查干巴拉自从跟着巴特尔，还没有过这样的失误。

"你知道就好。现在想想怎么补救吧。"

"唉，我也是考虑不周啊。"

"过去的就让它过去吧，但要引以为戒。我们不仅仅是代表个人，还要为你的手下人的安危着想。"

"是啊，我想布和是老部下，应该没有问题的。也怕他回去不好和苏赫巴鲁交代……"

"他的问题我来处理，现在你要考虑的是整个商队的安全。你怎么想的和我说说吧。"巴特尔打断了他。

"听布和说，那苏赫巴鲁是这一带比较有名的盗马贼，手下有七、八十人，主要盘踞在以前乃蛮部的一个驿站附近。他原先是在巴达尔图手下做事，后来在哈兰真沙陀之战时受了箭伤，一条腿留下了残疾。因一直没有得到重用，就离开了巴达尔图,和他的兄弟一起自立山头当了盗马贼。因为在巴达尔图手下做过小头目,他便被选为大王了。布和说他心狠手辣,为人比较狡诈。其实他早盯上我们的马队了,只是没敢动手而已。平时也就在周边的草原小打小闹些,做大的买卖基本都是在阿尔泰山以北的地区。他们抢中原的人比较多,因为他感觉好下手。这次终于对我们动了手,虽说是被天灾所逼,但也要防着他撕破脸皮。此次他吃了亏,有可能还会报复的。"

"我也正担心这个呢。有时间你问下布和,看看苏赫巴鲁有没有发现我们的城堡。记住,要有策略地问,要出其不意。我们那几个伤员你给朝鲁说下,记他们出行一次。还有,我想把商队的行走路线再调整调整。今天很晚了,等明天我们和朝鲁一起商量下再做决定。"

晚上,巴特尔回到寝宫里也是眉头紧锁,若有所思的。

我还以为他是因为盗马贼的事情而烦恼着呢:"你今天有心思了。"

"唉,这个布和……我心里不踏实。"巴特尔皱着眉头说。

"哪个是布和?"

"就是今天商队队长带回来的那个人。以前就投靠过我的,但我对他没有印象。"

"哦,那不是很好吗?知根知底的。"

"不好,这个人我不是很喜欢,和我们不是一路人。"

"那你想怎么办?他都已经在城堡里了。"

"我正为这个烦着呢。之前每次我们需要人手的时候,我都让额尔德木图找人进来,那都是经过挑选过的。这个查干巴拉,就这样贸然地把他带了进来——他可是从盗马贼那儿过来的。"

"我们商队不是每次出去都带人回来的吗?"

"那不一样的。那些都是乃蛮人,不是我们东部草原里的

人。你发现没有,乃蛮人思想比我们草原里的人要先进很多,他们没有我们这种固有的旧模式,这样就比较能接受新的东西。也不会老想着去报仇、去打仗了。再说,这个布和一直跟着苏赫巴鲁,难保没有一些匪气。这和我们格格不入。"

"那你就别让布和参加商队,只让他留在城堡里做做事情。现在的贸易量这么大,城堡也需要人手的。"

"我也是这样想的。让他在城堡里和我们朝夕相处,最好能接受我们的想法、做法,这样对大家都好。"

"对,争取感化他。"

"但愿吧。萨日,别多想了,我们的孩子要休息了。"

"怎么,就想着孩子了?"

"哈哈,我的好萨日。首先是想着你,第二才是孩子。"

"这还差不多,来,摸摸他。"巴特尔贴在我肚子上听着。

"他好像在动呢。真的在动,你看他在踢你了。"

"说不定是他的小手,他在伸懒腰呢。"

"哈哈,都好,都好。想想我们现在多好,所以不能有一点儿闪失啊。"

我捧起他的头,让他看着自己:"巴特尔,我知道你是全城堡人的希望。答应我,要爱惜自己的身体,为我,为了我们的孩子,也为了全城堡的人。说真的,你想过给孩子取名字没有?"我转移着话题,不想他过于劳神。

"我倒是忙得忘记了。"

"那就现在想想呗。"

"嗯,好的。男孩就叫阿木古郎,女孩就叫斯琴高娃,好吗?"

"我明白了。你是希望我们的儿子一生平平安安,我们的女儿永远聪明美丽。"

"对,像她阿妈一样聪明美丽。"

"不对,是要比我更美丽。"

"哈哈，是呀，也不看看是谁的女儿。"

那晚，我听到巴特尔一直在轻轻地翻着身子。唉，可苦了我的巴特尔。他要为整个城堡里的安危着想啊。

第二十四章 短兵相接

第二十五章　斗智斗勇

话说这苏赫巴鲁，派出去十几个人都好几天了也没有个消息，正在纳闷呢，一个小兵来报："报，大王。"

"快说，哪来这么多废话。老子正烦着呢。"苏赫巴鲁瞪了来人一眼。

"我们去阿尔泰山附近寻找了，没有一点儿痕迹。"

"那倒是见了鬼了，难道他们一起失踪了不成？"他一仰头喝干了杯中酒。

"大哥，我看这事有蹊跷。"苏赫巴鲁的弟弟放下酒杯，若有所思。

"哦，怎么说？"

"平常我们的人出去活动，不可能没有一点儿消息。"

"嗯，这次是布和带队的吧？"

"是啊。"

"这个布和来我们这儿多久了？介绍他来的人在哪儿？"

"有一年多了。他也在这次的队伍里,一起出去了。"

"都给我出去寻找, 别他妈的都窝在这里, 看见你们就烦。"苏赫巴鲁随手摔了手中的酒杯。

"是。"

"大哥,你看今年的一场大雪,中原人也不往这边来了。派出去的人也没有消息,我们就快要断粮了。"

"嗯,再怎么都不能去东部草原那里,明白吗?"苏赫巴鲁额显得忧心忡忡。

"这我知道,可眼下我们怎么办呢?"

"还没到山穷水尽的地步, 比这更难的日子我们可都扛过来了。弟弟啊,要不你带人去附近的草原抢些马来,先解决解决肚子再说?"

"就是等你这句话。好,我马上就出发。"

苏赫巴鲁一抱拳:"兄弟,就靠你了。"

就这样,苏赫巴鲁的弟弟用抢来的马换回了些粮食。

苏赫巴鲁知道这样也长久不了, 他选出几个可靠的人,一直盯着阿尔泰山这边。另分出一部分人马,还是在中原人常走的驿站附近守着。

而我们这里因为出现马贼这件事后,巴特尔就和朝鲁商量着改了行程路线。他们精挑细选压缩了一些货物的投放,把原来十人一组的小队,拆成三十人一组。然后,每次出去运输物品,由原来的三个小队相互配合,改成两个队的配合。虽然这样运输成本是提高了,但安全性大大增强。巴特尔还是不想和盗马贼硬碰硬,结下了梁子那样对谁都不好。查干巴拉从布和那里打听好了,苏赫巴鲁还不知道我们城堡的存在,这个消息让巴特尔稍稍放了心。所以,他就更加小心地避免和苏赫巴鲁的对抗了。

经过商定, 巴特尔选择了行走额尔德木图他们的那条线。一来这运输的线路比查干巴拉建议的绕道走要近了许多,二

来苏赫巴鲁以为是成吉思汗的马队也会忌惮些,会收敛的。只是,这样就要和额尔德木图做好沟通,等他们的人马走过了,我们的人才可以跟在后面。这样做的危险性是被莫日根的人发现。但只要计划好还是可行的,也比和苏赫巴鲁硬碰硬来得好些。查干巴拉说,就算是被他们撞见也没有什么的,他会和大家交代清楚,只要是被人撞见,就绕城堡走远些,等甩掉跟踪的人才可以进城堡。查干巴拉还建议,每天派出几个人去阿尔泰山监视我们的商队通道。他估计苏赫巴鲁也会去那儿找人的。等他们不再盯梢了,我们就可以重走那条商道了。巴特尔还考虑到要加强城堡的防护,派人日夜守护好城堡的安全。一切都安排妥当后,他写信告诉了额尔德木图我们这里的情况,同时还请他再招募些人手。现在这样一分配,人手又不够用了。

额尔德木图回信也提到了加强城堡的安全问题。他认为,盗马贼能盯到我们的运输线路,就有可能找到城堡,所以他已经帮我们联系了一些部下,很快就能过来了。关于行走路线是没有问题的。他已经固定每十天出发一批,所以,我们完全可以掌握自己的出发时间,这可是帮了我们大忙了。这时,巴特尔悬着的心才放了下来。

再说那盗马贼苏赫巴鲁,派出去一批又一批的人马,就是没有得到布和的任何消息。十几个人就像是从人间蒸发了一般。他越发感到不对劲儿了。他派一个人专门盯着布和的老婆,看她有没有什么异常。这边派在驿站那里的探子来报,看见有十几个人一组的中原人出现在驿站里,这让他大喜过望。

他可真是望眼欲穿啊。这不,亲自组织好了人马,在中原人的必经之路守候着。看着马上就要进入包围圈的中原人,还有马背上的那些个满满当当的包裹,苏赫巴鲁的眼都放绿光了。哪承想,这批中原人不是他们平常所见的那种,很是训练有素。还没有等他们冲出去形成包围圈,那批人早就挥舞着大刀和他们厮杀了起来。特别是领头的那人，大刀砍得张弛有度，最要命的是还从马背上抽出了一杆长枪，舞得虎虎生风，好几个人就这样被他挑下马来。只见他左冲右撞，一下就把苏赫巴鲁他们还没有形成的包围圈打得七零八落。这下可好，中原人反倒把苏赫巴鲁打得措手不及。这次交锋让他苏赫巴鲁遇到了最能打的中原人。他和弟弟拼死杀出了一条血路才逃了出来。那些中原人也没有恋战，收拾收拾就离开了。

这苏赫巴鲁偷鸡不成蚀把米，肺都气炸了。一点人数，又损失了十几个人。看着眼前的残兵败将，他苏赫巴鲁还没有吃过这样的亏，恨得是牙痒痒。

"大哥，我们这次真背啊！"他弟弟呷了一口酒。

"给我住嘴！胜败乃兵家常事。"苏赫巴鲁重重地放下了手中的酒杯。

众人一看，连他弟弟的话他都不听，谁还敢吭声啊。

"大王，依我看，这是好事。"有个小兵站了起来，慢条斯理地说道。

"放屁，这怎么能算是好事？你还嫌我不够丢人？"苏赫巴鲁一拍桌子，瞪着那说话的小兵。

"大王，你听我把话说完。我说是好事原因有三：第一，经过这战，我们知道了中原人里也有会打仗的，以后多加留心就是了。大王这次是因为轻敌了，不是打不过他们。"那人说到这儿停了下来，看看苏赫巴鲁的脸色。

"算你小子会说话。那还有第二呢？"

"这第二嘛，我们可以重新选个出击点了。俗话说树挪死人挪活，这岂不是好事？"

"还真有点儿意思。第三呢？"苏赫巴鲁不动声色，只抬了抬眼皮。

"第三，大王可以把眼光往草原这边挪挪了，别总盯着中原人。你看布和他们小队到现在也没有消息，这没有消息就是

个好消息。"

"放肆！还轮不到你在这里说三道四的。"苏赫巴鲁一拍桌子，厉声呵斥着。

"是，大王。"那人悻悻地准备坐下了。

"你叫什么名字？"苏赫巴鲁突然开口问道。

"回大王，小的是乌恩其。"

"哦，我说乌恩其，你跟着我几年了？"

乌恩其看到了希望："回大王，小的加入已经有两年多了。"

"依你看，以后我们要是再遇到那中原人，怎么能破了他的长枪呢？"苏赫巴鲁用小眼睛死盯着他。

"回大王，小的认为可以用车轮战术，就是以一层层的人攻击他。长枪虽好，但也有缺点，没有我们大刀和射箭灵活。"

"你刚才说得不无道理。这样吧，布和的小队也不知道怎样了，刚才一战又损失了些人马。你去把那些个散落的小兵组成一队，相信你能带好的。"苏赫巴鲁挥挥手，示意他出去。

"谢谢大王的提携。敬你老一杯。"乌恩其喝完，一抹嘴转身离去。

"你不觉得他有些才能吗？草原那里怎么做，我自有分寸。"苏赫巴鲁看着他的弟弟阴笑着。

"明白了，大哥。"

自布和进入古堡以来，巴特尔就对他特别关心。一来是真的想让他融入这里，二来也是为了城堡的安全对他有所戒备。这布和的腰部受了刀伤，巴特尔经常让人做些好吃的送去。空闲的时候还亲自教他认字，领着他熟悉城堡的环境。良好的氛围和大家亲切融洽的气氛也真的感染了布和。他伤好后，积极主动地抢活儿干，任劳任怨。巴特尔看在眼里喜在心头，绷着的神经稍稍放松下来。

这天,额尔德木图给我们招的人马已经到了。商队队长查干巴拉正好随队出去了,巴特尔就让布和先带着这些人和留守的一些人,进行战前演习。毕竟,我们这里的留守人员已经有两年没有打过仗了。

巴特尔和朝鲁站在山上的瞭望口,看着他们练习呢。

"你看这个布和怎么样?"巴特尔转身问朝鲁。

"我看他还行。人还是比较实在的。"

"这次和盗马贼交锋,苏赫巴鲁损失了十几个人,他是不会这样善罢甘休的。"

朝鲁笑了笑说:"怎么会呢?他的人还一直在阿尔泰山监视着呢。没想到我们道高一尺魔高一丈啊。"

"不能掉以轻心。我可听说苏赫巴鲁不是个善辈。"

"那是肯定的。塔林巴特尔,你有什么想法?"朝鲁现在对巴特尔可是摸着脾气了。

"要时刻准备应对敌人的攻击。我们现在存粮还有多少?"

"应该够两个月没有问题。我再去查查看。"朝鲁也不太肯定。

"那可不行。从现在开始,要准备够一年的粮食和食品。"巴特尔示意朝鲁往山下走去。

"你看,我们现在是和盗马贼第一次交锋了,以后还要准备第二次、第三次,没有足够的食品怎么行?"

"我明白了。"朝鲁在心里感慨着他的远见,一边领着巴特尔走到装粮食的仓库前。

"朝鲁,你真行啊,每个洞窟你都记在心里了。"

"你过奖了。你为我们操了多少心我都看在眼里。和你比起来,我这算什么呀?"朝鲁边说边打开了仓库门。

"哈哈,不说这些了。对了,我们的库里钱还多吗?"

巴特尔突然这样问,把朝鲁也搞糊涂了:"账本里都记着呢。"

"你别误会，我是想着多采购些东西回来。食品就不说了，我们还要买些过冬的东西储备起来。还有这些增加的人员，也要给他们配备整齐了。"

"明白你的意思了，你刚才一问我还真是懵了。这些物资都是绰绰有余的。"

"那你做好采购计划，等查干巴拉回来，和他商量下怎么安排人手，加紧把这事给办了。"

"放心吧，我心里有数。你这是在做最坏的打算啊。"朝鲁随手拿起了他的记事本。

巴特尔抬头看看这漫天的乌云："山雨欲来风满楼啊！不得不小心。"

"对了，让你儿子赶紧跑一趟我安答那儿，我写了封信给送去，很紧急的。"

"好。"朝鲁接过了巴特尔递来的信。

巴特尔写信是让额尔德木图去我大哥那儿，把我们的情况和巴根大哥说下。另外是请大哥在成吉思汗那儿说说巴特尔，这样我们就不要防着两头的人了，也会轻松很多。

再说这布和，自从进入城堡以来，巴特尔对他犹如亲人般关心，在和大家朝夕相处的过程中，巴特尔让他看到了过去自己没有看到过的美好。在进入城堡以前，他对巴特尔不为父报仇、不为妻儿雪恨很是不解。现在他明白了，人生还有许多重要的事要做。人要朝前看，不能停留在过去的阴影里。看看这里的每一个人，他们谁没有经历过战争的伤痛？谁没有经历过亲人的生离死别？但现在他们热情高涨，因为他们在这里找到了自我，做回了真正的自己。明白了这些道理，布和放下了心中的那种怨恨，自己突然觉得轻松了很多，他深感庆幸。所以，他倍加珍惜这得来不易的生活。

查干巴拉看着布和的变化也很欣慰，就和巴特尔商量着让他加入商队的运输，因为他有实战能力，还比较了解盗马贼的活动规律。考虑到这两大优势是别人所不具备的,巴特尔也就同意了。但还是让查干巴拉挑最有经验的人配合布和,这毕竟是他的第一次出行。就这样,查干巴拉派布和带领着两组商队出发了。他自己留在了城堡,着手重新编排护卫队的组队和训练。

　　本来这一决定是为了商队的安全着想的,可布和的一个疏忽酿成了大错。

第二十五章　斗智斗勇

第二十六章　风云突变

商队还没有回来呢，额尔德木图就突然出现在我们的城堡里了。他带来了一个好消息和一个坏消息。好消息是，大哥巴根和哈撒尔提到巴特尔目前的状况，他马上就说他也一直在打听巴特尔的下落呢，也为巴特尔取得的成绩感到高兴。他说巴特尔果然没有辜负他父亲的期望。所以，他已经让成吉思汗和巴达尔图打了招呼，不要动巴特尔。可坏消息也让巴特尔头痛不已。原来，苏赫巴鲁不知怎么知道了我们城堡的存在，还杀了他十几个人。他知道和我们对抗不了，可又不甘心啊。偏偏这个苏赫巴鲁在哈兰真沙坨之战中，为莫日根挡了一箭才受的伤，落了个残疾，所以，他想利用莫日根的手来铲除我们。他把我们这里说得天花乱坠，富可敌国让莫日根对我们心存芥蒂。莫日根把额尔德木图找去问了这里的情况，所以他感觉到了事态的严重，就赶紧过来了。

听完额尔德木图的话，巴特尔也感觉事态比他想象中的要严重得多。这谁能料得到苏赫巴鲁对莫日根有过救命之恩呢？

"那莫日根知道你嫂子在这里吗？"

"应该不知道，他压根就没有提起。如果他知道了，肯定要问的。"额尔德木图一口喝干了我递过去的奶茶。

"那你准备怎么脱身？"巴特尔还是担心着安答的处境。

"现在还没有多大的问题。我本来就是他们派来做交易的，和谁做不是做呀？何况我并没有中饱私囊，所以暂时不会有危险。"

"那也是暂时的，你要保护好自己。"

"我会小心的。我感觉最要紧的还是要加强城堡的防守。现在已经暴露了，我要时刻关注莫日根的动向。苏赫巴鲁那儿，大哥你自己要多加小心。"

"兄弟说得极是。依你看，这苏赫巴鲁是怎么找到了我们的城堡呢？"

"莫日根没有提起，只是告诉我苏赫巴鲁来找他了。以我对莫日根的了解，他会帮助苏赫巴鲁的。哈撒尔对他没有什么约束力，以成吉思汗的名义，他也只是表面上的应付而已。巴达尔图不会违背哈撒尔的意愿。所以，就怕莫日根背着他父亲私下里捣鬼。"

"我也有这样的担心。"

"大哥，要不这样，我马上赶回去，再招些人过来。"

看着风尘仆仆赶过来的额尔德木图，巴特尔说："兄弟，辛苦了。路上多加小心啊。"

和额尔德木图告别后，巴特尔陷入了沉思："自从成吉思汗建立了蒙古国后，在他的带领下，人民过上了稳定的生活，日子也慢慢地富足了。而我们作为他的臣民，安分守己地过好自己的日子，同时也为蒙古的发展做着自己力所能及的贡献。现在蒙古国里对外三分之一的交易额是我们在做，大汗这样

睿智的人是会掂量的。还有,阿爸肯定向大汗和哈撒尔提到过我。虽然他在世的时候一直没有真正接受过我的意见,可从成吉思汗的承诺中还是可以看出阿爸还是赞同我的观点的。阿爸啊阿爸,如果您能早日回头该有多好!大汗这块的心思总算是可以放下了。但这个莫日根不得不防。他现在还不知道萨日和我在一起,如果知道了,他的态度会怎样?就算他想抢回萨日,那也是他自己的私事,大汗应该不会派兵的。以我们现有的实力和有利的地形,他想抢走萨日还是不太可能的。何况还有兄弟额尔德木图在他的身边,这对我们太有利了。当务之急是要加强防护力量,以备他的袭击和苏赫巴鲁的扰乱。"

考虑到我的安全,在和毕力格商量好后,巴特尔亲自挑了五个人,在毕力格的带领下,从我们的寝宫里秘密地挖了条通道,直达山中间的那条通向山外的道路,并着手城堡的护卫队训练。

已经很久没有打过仗了,大家都很松懈。所以巴特尔就让查干巴拉带领着护卫队和城堡里的闲散人员,每天进行操练演习。同时,朝鲁给了商队采购粮食的计划,还有食物和生活必需品。又派出一队人马换回了铁制的武器,并做好了记录。巴特尔一次又一次地叮嘱我记住寝宫里的通路,如果有危险就让我从这里逃到山外。自从我们到这里后,我还是第一次感觉到了他的沉重。我只能在心里默默地祈求上天,让我们渡过这个难关吧。

真是一波未平一波又起。其实,这时又一个没有想到的危险已悄悄地向我们逼近。原来阿尔斯楞和那些想复辟的旧贵族,看到了哈撒尔和巴达尔图间的间隙,就想趁着这样的机会联合巴达尔图一起推翻成吉思汗。那时,巴达尔图已渐渐地退出了权力的中心,只在自己的封地这一带守着自己的一亩三分地。他们以为阔阔出已死,巴达尔图应该和哈撒尔关系改善了。可惜就像河水不能倒流一样,他们的关系并没有因为阔阔出的死得到改善。这样好的机会,阿尔斯楞哪肯失去?可没有料到的是,这巴达尔图顽固不化,对成吉思汗是忠心耿耿。他不仅对阿尔斯楞派去的贵族大声呵斥,痛骂不已,还准备要把人捆起来送给成吉思汗。

"阿爸,你这是何必呢?俗话说,两军交战不斩来使,如果你不认同,不理他就是了。"莫日根打着圆场。

"嗯,说得有道理。"他一转身对着那贵族厉声说道,"要不是看在你我有些交情的分上,我不会饶了你。你回去告诉阿尔斯楞,我巴达尔图生为乞颜部的生存作战,死也会捍卫我们乞颜部的安危。以后再打这主意,定斩不饶。"巴达尔图一拍桌子,让守卫把来人拖了出去。

"阿爸,他哈撒尔对你这样了,你还拼命地维护他。"

"你好糊涂啊,再怎么说,他也是我的大哥。虽然我对他的好些做法也不认同,但我谨记着你奶奶的教诲,兄弟同心啊。""唉,可他怎么就不兄弟同心了呢?姨奶奶没有教他?"莫日根可不服这套。

"放肆,有你这样说长辈的吗?以后不准给我胡说。还有,哈撒尔给我传来了消息,这阿尔斯楞的哥哥塔林巴特尔在我们的地界上,明确要我们保护他。而阿尔斯楞这样做,难道他们不在一起?"巴达尔图有点儿糊涂了。

"当然不在一起了。"莫日根想都没想,随口说道。

"你是怎么知道的?难道你早有塔林巴特尔的消息了?"巴达尔图觉得很蹊跷。

"我也是刚刚得到的消息。有个以前的老部下告诉我的。塔林巴特尔带人在我们最西边的一座城堡里住着。"

"城堡?我们的地界上还有城堡存在?"巴达尔图没有想到,显然是吃了一惊。

"是啊,被一群山环抱着。因为很少有人会去那里,所以不

第二十六章　风云突变

177

被发现很正常。"

"那城堡是塔林巴特尔建的？"

"他有那本事吗？是古人留下的。"

"那阿尔斯楞不在城堡里？他们没在一起？"

"据我所知，他们没在一起。那塔林巴特尔带人做商贸呢，听说做得不错。"莫日根没敢多说什么。

巴达尔图就更感兴趣了："也奇了怪了，这兄弟俩怎么不是一路人呢？难怪大汗不让动他。这札木合的两个儿子我还是在他们小时候见过面。可惜呀可惜！"

"阿爸，你可惜什么呢？他札木合没少给我们找麻烦。"莫日根对他阿爸的话很是不满。

"他札木合以前对我们也是有恩的。再说他也不是草包呀，可两个儿子走了两条道路。这阿尔斯楞倒是挺像他的。哦，我告诉你啊，过些天我们就要出征了。你少喝点儿酒，别给我惹是生非。"巴达尔图摆摆手让他出去。

巴达尔图的一席话让莫日根茅塞顿开。本来莫日根对哈撒尔早就不满了，想着从小就跟着父亲替乞颜部鞍前马后地拼着命，自己几次差点儿还丢了性命。可到头来，他们巴达尔图家就落到这样的下场，奶奶还因为这事归了西，所以他不甘心啊。如果不是碍着巴达尔图，他早就撂挑子了。正如人瞌睡了就想到了枕头，阿尔斯楞此时的动作让他心动了。他心生一计：何不利用阿尔斯楞的人马，替苏赫巴鲁还了人情。这样既不暴露自己，又能探探阿尔斯楞的真心，还可以让哈撒尔难过难过。你不是要保他吗？我偏不。还有一层，这塔林巴特尔和阿尔斯楞的关系不就是巴达尔图和哈撒尔的翻版吗？我就要让他们俩翻过来。想到这儿，他赶紧派人悄悄地把那贵族找来了。

那人心里直打鼓呢，这父子俩搞什么呀，难道是一个唱红脸一个唱白脸？正忐忑着呢，莫日根拍拍他的肩膀："你今天来是找对人了。我现在正有个事情要你们帮忙呢,快快坐下。"

要帮忙是好事呀,那就说明有希望了。他赶紧说道:"只要我们能办到的,别说是一件,就是十件百件也没有问题。"

莫日根摆摆手:"不会要你们办那么多事的,我只要你们办一件事。只要这事成了,以后好商量。"

"好,好,好,你说什么事情?"

"你能做得了阿尔斯楞的主?"莫日根反问着。

那人一拍胸脯:"如果不能,你拿我是问。"

"那好,我就喜欢痛快人。我知道有个城堡,里面的人杀了和我一起出生入死的十几个弟兄。但我不方便出面。你告诉阿尔斯楞,我要他带人帮我把那儿铲平了。如果有需要,我也可以派人去协助你们,但不能暴露是我的人。你明白了吗?"

"明白是明白了,但我们不知道在哪儿呀?还有,里面到底有多少人也不清楚。"

"里面的人绝对没有你们的人多。如果你们的人手还不够,我也会想办法的。你先回去和阿尔斯楞说一下。怎么做,不会还要我教你吧?"莫日根抬了抬眼皮,喝了口奶茶。

"那你看什么时间有空?"那人还是很灵活的。

"三天后的晚上来我这儿,我派人等着你们。"

"明白,明白。后会有期。"那人一溜烟消失在夜色中。

阿尔斯楞听到这消息,大喜过望,好事啊,不就是去杀几个人嘛,只要这事给办成了、办好了,还怕以后没有合作的机会?

后来在莫日根那里,他见到了苏赫巴鲁,并商定好了由苏赫巴鲁带路,阿尔斯楞出人手去攻打城堡。只是莫日根并没有告诉阿尔斯楞,这个城堡是他哥哥塔林巴特尔的,而是派了一个心腹盯着阿尔斯楞,那时他还不知道我也在这个城堡里。

179

第二十七章 兄弟相残

等到额尔德木图从护送商队的人那里得知了这个消息时,阿尔斯楞的人已经出发了。额尔德木图只能拼命地往我们这里赶,终于在他们的前面到达了这里。

这就像是晴天霹雳,巴特尔怎么也没有想到会是这样的结果——老天要让他们兄弟相残。额尔德木图看着巴特尔还没有从震惊中回过神来,只能赶紧组织人手加强防备。

"阿尔斯楞应该不知道是我们在这里。等他来了后,找他好好谈谈,情况可能没有你想的那么糟。"我抓着巴特尔那微微颤抖着的手安慰着。

"你是不了解我这个弟弟啊。他那狭隘的心胸里如果能装下我们兄弟的情谊,那事情就会有转机。可是,我不抱希望。"

"巴特尔,你听我说,事情只要没有到那么绝望的地步我们就还有希望。实在不行也可以派人去通知哈撒尔。"

"现在还不能,只要有一线希望我都会争取

的,不管是为了父亲,还是为了你,为了我们这里的平民。我会尽全力保护好你们。"

"我知道你会的。和阿尔斯楞好好谈谈,他毕竟是你的弟弟。"

"就因为是我弟弟,我才心酸。萨日,你明白吗?我情愿是别人。"看着巴特尔因痛苦而绝望的样子,我心如刀割。

"但如果,我是说如果,我们兄弟开战,那我也会毫不手软。因为这是天意,是我们的命运,逃也逃不掉的。不管结局如何,我都认为是上天替我们做的安排,是最好的结局。"巴特尔此时眼里的痛苦转化为悲愤,我能感觉到他每个毛孔里都充满着愤怒!

"来呀,你来呀,我不怕你。"他仰头看着天,怒目圆睁,双手握拳怒吼着。"你让我一生都在颠沛流离中度过,现在好不容易有了稳定的生活,可却狠心得要夺走它。你要如此折磨我、打击我,那好,奉陪到底!"

"巴特尔……"我泪眼婆娑,心痛的无法呼吸。

"我求你一件事。"看着我心碎的样子,巴特尔温柔地拿着我的手,一起放在我的肚子上,"这个孩子来得不是时候。但不管遇到什么样的情况,请你一定要保护好他。为我,也为你。"我扑进他的怀里,默默地流着泪。

傍晚的时候,阿尔斯楞在苏赫巴鲁的带领下出现在了山谷前。他们把营地驻扎在离我们两三百米的地方。巴特尔看着山下黑压压的一片,把大家集中在了其中一个瞭望口。他指着山下对大家说:"你们都已看见了,外面的人马是我们的几倍。虽然我们有有利的地形,有着很多的武器,但战争谁也说不清楚。本来我带领大家是想远离战场,过上太太平平的好日子,但天不遂我愿。他们来了,我们只有拿起武器保护自己。如果说以前我只是厌倦了战争、厌倦了仇恨,现在我是痛恨,痛恨

这种无休无止的抢劫和杀戮。而这恰恰就是战争的本质。外面是我的亲弟弟带着人来攻打我们。现在我该怎么做？我思前想后，不能把你们这些无辜的人卷进战争里来。所以，想离开的人，特别是带家眷的，可以最先离开。你们去朝鲁那里登记，领好安家费，去追随成吉思汗好好过日子吧，现在走还来得及。"可没有一个人愿意离开。看着眼前坚定地跟随着自己的人们，巴特尔的眼眶湿润了："好兄弟，那我们就拿起武器，迎接挑战。"

后来，他让查干巴拉按平常的训练布置好了人员，把朝鲁和额尔德木图带到我的面前："兄弟，我把你嫂子托付给你。现在就带着她从通道里离开。不管发生了什么都不要再回来。如果我能全身而退，会去找你们的。朝鲁，你带上家人，随他们一起离开。"

"我是不会离开你的。"

巴特尔把我搂在怀里，亲了亲我的脸："我求你了，为了我们的孩子。"

我哭着不走。

朝鲁也含着泪："巴特尔，我们是不会走的。这些个日子的朝夕相处，我们就是一家人啊。"

"大哥，要不这样。从现在开始我陪着嫂子不离开她一步。如果情况不乐观，我肯定会带着她和朝鲁一起离开的。你放心吧。"

"好兄弟，我去外面看看情况。"其实，巴特尔是想好了自己去阿尔斯楞的阵营里和他好好谈谈。他做了最坏的打算。

当塔林巴特尔出现在山谷口走向他弟弟营帐的时候，阿尔斯楞也愣住了。他根本没有想到是哥哥带人在这里。

阿尔斯楞阵营里的大多数人都认识巴特尔，对他也很恭敬。只有那苏赫巴鲁挑着个八字眉斜眼看着巴特尔。

"大哥，在这样的情况下见面，我深感意外。"阿尔斯楞请巴特尔坐了下来,"来人,给我大哥拿酒来。"

"不必了,阿尔斯楞。自家人就不客套了。我来是想听听你是怎么到这来了。"

"大哥,都是误会。我们根本不知道是你在这里。"阿尔斯楞说完,看看那些个部下。

"古尔汗说的是实情啊,我们真的不知道你在这里。"

看着这些个以前的部下,巴特尔也是感慨万千。巴特尔说:"今天你们带着人守在我的城堡前,我也是深感意外。本来都是自家人,你们看这个误会怎么解除是好?"

"唉,那就撤兵吧。自家人有什么好打的。"

"那可不行,苏赫巴鲁也不会答应的。要不塔林巴特尔你们给他们些补偿好了。"有人这样提议。

"那可不行。我那十几人就这样白死了?"苏赫巴鲁跳了出来。

"这位是?"巴特尔故意冷冷地看着阿尔斯楞问道。

"哦,他就是苏赫巴鲁。"

"我说呢,难怪老远就闻到了匪气。你说什么?你的十几个人?如果你不说这事我都不好意思提。既然你自己说了出来,我倒想听听,是你先抢了我们,打死、打伤了我的人,还是我们先杀了你的人?"巴特尔怒斥着他。

"这……"苏赫巴鲁红着脸说不出话来,"那也不能就这样算了。"他气急败坏地吼道。

"果然就是个土匪,蛮不讲理啊!"巴特尔一点儿也不相让。

"大哥,要不这样,我和他们再商量商量。大家也都消消气,有什么事情不能坐下来谈谈呢?"阿尔斯楞这时良心还没有泯灭,他也不想和巴特尔动手。

苏赫巴鲁看阿尔斯楞这样说没有吭声。那些个贵族,以前的老部下,也都打着圆场:"要不,你们兄弟先好好谈谈。你们也有很多年没见面了吧?我们就不打扰了。"

第二十七章　兄弟相残

等大家全部退出后，巴特尔才和阿尔斯楞坐在了一起。

"弟弟啊，你怎么会出现在这里？"

"大哥，我真的不知道是你带人在这里的。这个苏赫巴鲁告诉莫日根，说你们杀了他的人，要莫日根帮忙。"

"这个我知道。我是说莫日根怎么找到你了？他自己怎么不来？"

"唉，大哥有所不知，一言难尽啊！大哥，来，我敬你一杯。"

"有什么话不能和我说说？你我兄弟一场，我不能看着你往绝路上走。你是不是想拉着莫日根和哈撒尔作对？"

阿尔斯楞惊得酒都洒了出来："大哥，你是怎么知道的？"

"这还用别人告诉我吗？我还能不了解我的弟弟？看到你出现在我的城堡前，我就明白了。"巴特尔又语重心长地说道，"你看，我们的阿爸阿妈都已经去世了。这世上就我们两个最亲，你就不能为了他们收手吗？和哈撒尔他们作对，能讨得了好？当初，阿爸不听我的，往绝路上走去。你现在就不能醒醒？前车之鉴啊。"

看着阿尔斯楞没有作声，巴特尔继续说道："再说了，那个莫日根能靠得住？你了解他吗？别被他当枪使了。"阿尔斯楞低着头，默默不语。

巴特尔知道弟弟还是有所触动的："阿尔斯楞，从小到大你一直都以为我在跟你争。其实，我根本就不想当那个古尔汗，我只想做我自己。"

"大哥，萨日其其格和你在一起吧？"阿尔斯楞突然问道。

巴特尔看着弟弟，点了点头。

"在路上，我听苏赫巴鲁说城堡里有个女主人。看见你的时候，就猜到是她了。"

"是啊，不愧是我的弟弟。"巴特尔端起酒杯看着阿尔斯楞，"来，我们兄弟喝一杯。"

"大嫂她还好吗？"那一刻，阿尔斯楞也还是真情流露。

"她很好。你知道我们的感情，能在一起非常开心。她现在怀着我的孩子呢。"

"那真的是要恭喜大哥了，来，干杯！"

"依你看，莫日根知道萨日在我这儿吗？"

"应该不知道。他根本就没有提起过。"

"大哥，我看要不这样。苏赫巴鲁是因为他死了十几个人才闹到莫日根那里的。加上去年冬天的大灾害，他们的日子确实不好过。你们多少赔偿点儿财物给他，也好堵堵他的嘴。他可是把你们那儿说得富可敌国，不就是想要俩钱嘛。"

"那依你看，给他多少？如果这次给了，那他下次还来这么一下怎么办？"

"如果他答应了赔偿，万不能再反悔吧？再说，就凭他那几个人也不是你们的对手。"

"嗯，兄弟的话有道理。我看这样，你和他商量好了后，就派人给我传个话。我先回去了，要不你嫂子该急坏了。"

"好，大哥慢走。"阿尔斯楞亲自把巴特尔送出了营帐。

有人说什么事情都是双面的，有好的一面就有坏的一面。巴特尔和阿尔斯楞的谈话被苏赫巴鲁的手下乌恩其偷听到了。这个乌恩其因为刚刚得到了苏赫巴鲁的提拔正想着表现呢，一看巴特尔只身前来，就感到很蹊跷。他一直守在营帐的暗处偷听着。不仅知道了我在这里，还对我们的财物有了更大的野心。他马上就跑去告诉了苏赫巴鲁。这苏赫巴鲁一听机会来了，一面串通莫日根派在这里的人，向他做了密报，一面就考虑着先应付阿尔斯楞，等着莫日根的指示。

看着巴特尔回到了城堡里，大家这才松了口气。巴特尔也顾不上休息，赶紧把朝鲁、查干巴拉召集到议事大厅里。

"刚才我简单地和你们说了在阿尔斯楞那里的情况，你们怎么看这件事？"巴特尔看看大家。

第二十七章 兄弟相残

185

"给点儿钱是没有问题的,只是怕这个苏赫巴鲁不讲信誉啊。"朝鲁不无担心。

"苏赫巴鲁是个问题。还有个问题是在莫日根这儿,如果他知道阿尔斯楞不想作战,会有怎样的反应?我可是听说他是让阿尔斯楞带人来铲平这里的。表面上他是在帮着苏赫巴鲁,背后还有没有其他的目的我们要深思啊。"额尔德木图看得更远了。

"兄弟说得好,这也正是我担心的。这个苏赫巴鲁其实好对付。以前他在暗处,没有跳出来,我们反而是被动的。现在如果他真想拿钱了,那事就好办了。莫日根呀莫日根,他才是让人捉摸不透的。"

巴特尔站了起来,踱了两步:"我看要不这样,暂时先答应苏赫巴鲁的要求。不管他提什么样的条件,我们假意答应先拖着,等下一步莫日根的动作。我们以不变应万变。"

查干巴拉一拍大腿:"好,我看这样行。先这样拖他。如果他苏赫巴鲁真有诚意,那就好好谈谈;如果没有,我就带领人好好和他们打一仗。凭我们这有利的地形,还怕他们不成?"

"查干巴拉,我刚才回到城堡的时候看见大家都还是在坚守着各自的瞭望口,这很好。从现在开始,日夜看护好,让大家进入战备状态。还有,不能有一丝一毫的大意。别看现在和他们和谈,但随时都有动手的可能。"

"明白。我们时刻准备着。"

"前几天让你带人在谷口前布置的陷阱都搞好了吗?"

正说着呢,布和走进了议事厅。大家都很意外。

"布和,你怎么回来了?"

那布和向着巴特尔一抱拳:"古尔汗,我是真的对不起你啊,也对不起大家。"

所有人都愣住了。

"怎么了?商队出什么问题了?"巴特尔心一沉。

"不是,唉,我……"布和抱着头蹲了下来。

"你快说呀,急死人了。这都什么时候了。"查干巴拉吼着。

"好,你们听我说。我的一个疏忽酿成了大错啊。本来我们的商队按计划走到了驿站那里,之前商定的波斯人也不知道什么事情耽误了。因为离我家不远,我就让他们在那等着,然后我回家一趟就……"

"你说什么?你跑回家干吗?"查干巴拉肺都要气炸了。

"听他把话说完。"巴特尔摆摆手。

"我回去就是想告诉老婆我很好。准备等接好货物后带老婆来城堡里。这是真话,我没有说谎。"

"快往下说。"查干巴拉狠狠地盯着他,瞪了一眼。

"我哪知道这个苏赫巴鲁派人盯在我家门口。等第二天一开门,他就带着人把我给绑了。我一开始还顶着,就说我们没有抢到货物人都被打死了,我受伤后逃了出来。可这个苏赫巴鲁怎么也不相信。这可恶的人早就派人盯在我家门口了。他硬逼着我说是在哪儿养的伤。看我不说,就拿我的孩子逼我。孩子才三岁啊,我实在没有办法。想想以他的实力也不是我们的对手,就说了我们的城堡。"

"啊?你这个混账东西。"查干巴拉怒目圆睁,站起来就冲了过去要打布和。

"查干巴拉,你住手!事情已经这样了,听他把话说完。"巴特尔制止了查干巴拉。

"我哪知道苏赫巴鲁会去找莫日根呢?他还救过莫日根一命,难怪从不让我们去骚扰北部草原。我要是知道会这样,就是打死我,我也不会说的呀。"布和趴在地上痛哭起来。

"你现在知道哭了?这哭有什么用?"查干巴拉气得直哼哼。

"那他知道商队的情况吗?"巴特尔还是比较冷静的。

"没有,我没说是带着商队出来的,就说想老婆了回家看看的。"

"商队的情况不知道怎样了。查干巴拉,以你们以前的做法,如果等不到客队怎么办?"

"应该会等的。有时候我们也会遇到约好的客队拖延的问题,但还没有遇到爽约的。"

"额尔德木图,你那儿呢?"

"我们也没有遇到过。不过,拖延的情况倒是经常碰到。"

"查干巴拉,现在半夜正好。你赶紧派两个人悄悄地从通道里出去,到驿站那截住商队,让他们就在驿站等我们的消息。如果不给消息就不要回来。要快!还有,商队的情况你熟悉,你重新给他们指派个负责人。"

"好,我这就去。"查干巴拉一边走一边狠狠地瞪了布和一眼。

巴特尔走到布和的面前,把他扶了起来。我倒了碗奶茶递了过去。

"你接着说。"巴特尔拍拍布和的肩。

"嗯。这苏赫巴鲁一听到城堡的存在就小眼放光了。他把我们一家押到了他的蒙古包里,找人看着我们。今天他才把我带了出来,让我给他们带路。我老婆和孩子被扣押在他那了。如果我不去,他就……"

"就是你不带着他们来,他们迟早也能找到这里的。别想太多了,那你是怎么跑回来的?"巴特尔安慰着布和。

"我开始装睡着了。等他们都睡下了,才悄悄地溜了出来。我要和你们在一起,哪怕是战死。还有,我知道莫日根派了一个人在阿尔斯楞那里。"

布和的话让大家心头一震:"你怎么知道的?"

"我看见苏赫巴鲁鬼鬼祟祟地带着新提拔的那个队长进了一个营帐,知道他们不怀好意,就跟了过去。原来那队长偷听了你们全部的谈话,已经知道了夫人在这里,还说马上就去报告莫日根呢。然后让苏赫巴鲁提很苛刻的条件要拖住你们。"

听到这话,大家本来放下的心又提了起来。

"布和,你能回来我很高兴。你想过你的家人怎么办吗?他们还在苏赫巴鲁的手上吧?"

"管不了那么多了。我要将功补过。不然,良心不安啊。"布和说着低下了头。

"你还是悄悄回去,一来可以暂时保住你的妻儿,二来也可以帮我们探探消息。但切记,你要灵活掌握好尺度,自己看事情的发展定夺好。你一个人在那边,没人帮得了你。我是不想你重蹈我的覆辙啊,你明白吗?"巴特尔拍拍他的肩,语重心长地说。

"我明白。那我去了。"

"嗯,不管怎样,我们这里随时欢迎你回来。"

"谢谢塔林巴特尔。大家保重。"布和抱了抱拳,离开了。

看着布和离去的背影,所有人心头都是沉甸甸的。

巴特尔拍拍手:"我们现在不是感慨的时候。从布和提供的情况来看,把我们目前要防范的事情再梳理一下。你们先说说看。"

"首先是面临着苏赫巴鲁的狮子大开口,这点倒好防备。知道他没有诚意,这块儿我可以负责谈。"朝鲁胸有成竹地说。

朝鲁谈这块,巴特尔也觉得很合适。"嗯,这样也好。明天阿尔斯楞给信后,你就和来人一起去他们那里。暂时不会有危险,分寸你把握好就行。"

朝鲁点了点头。

"你们估计阿尔斯楞知不知道莫日根派了心腹在监视他?"巴特尔带着疑问看着额尔德木图。

"估计他不会这么快知道的。等到莫日根派的人给他指示,他也就明白了。"

"嗯,我也这样想。不过现在阿尔斯楞的态度已经不重要

了,他掌控不住全局的。现在的七寸在莫日根手里捏着。"巴特尔下意识地握紧了拳头。

"大哥,你的意思是他不会罢休的?"额尔德木图脸上带着一丝苍凉。

"是的。实话告诉你们,阿尔斯楞找到他就是想拉他联合的。而且他并没有告诉阿尔斯楞我在这里,这明摆着是把阿尔斯楞推在前面。这样既可以堵住哈撒尔的嘴,又帮了苏赫巴鲁的忙。如果他仅仅想帮忙的话,那又为什么还要派个心腹监视阿尔斯楞呢?有苏赫巴鲁不就够了吗?所以,他背地里是要置我们于死地啊。他是怕阿尔斯楞看见我就不会进攻了。何况,如果他还知道萨日也在这里,他就更不会罢手了。我琢磨着过不了两天,阿尔斯楞就会开战了。"巴特尔的脸上掠过了一丝不易察觉的苦涩。

"大哥,要不我再去找找巴根大哥,让他去和成吉思汗说下?"

巴特尔想了想,摆摆手说道:"去和成吉思汗怎么说?他莫日根又没有明着和我们作对。只有等他真的派人来到这里时,我们才有理由啊。再说,现在是阿尔斯楞带人攻打这里,我怎么能找成吉思汗帮忙啊?"

额尔德木图明白了,莫日根这招真是太狠了,搞得大哥巴特尔打也不是、不打也不是,你还不能找成吉思汗来压他。真损啊!没看出来他莫日根还是这种人。

他知道什么样的安慰话都是苍白无力的:"大哥,那就什么都不要想了,明天开始做好战斗的准备吧。"

"好的。朝鲁,明天就拜托你了,多加小心。好安答,你也去好好地休息吧,都快天亮了。"

巴特尔把他们送走后就和衣躺了会儿。他一遍又一遍地抚摸着我微微隆起的肚子,说着悄悄话。我的眼泪止不住地流呀流,只能向上天默默祈祷保佑我们,保佑我们的城堡……

第二天，大家都心照不宣地按既定程序和谈着。阿尔斯楞极力在促成。那时的他，从内心里不想打这一仗。而巴特尔看得太明白了，这种表象阿尔斯楞维持不了几天。他带着查干巴拉做着认真的防备工作，小到防守点位、后勤保障，大到战略部署、人员梯队，都一一做了安排。巴特尔还让朝鲁做那些个家属的工作，让他们尽快撤离，并让朝鲁媳妇带头走。可还是没有一个人愿意离开。

看着大战前的宁静，我心里突然感受到了十三翼之战前朵鲁班的情景，一阵寒意从心底里升起——就是那一战我失去了父亲……

莫日根知道我在这里后，没有什么顾忌了。他以要抢回我做借口，派兵来到了我们的城堡下，还逼着阿尔斯楞向我们开战。

本来阿尔斯楞因为哥哥的原因一直拖着围而不攻，可没想到莫日根不仅派来了一百人，还带来了进攻的命令。这一百人就是来督阵的啊。阿尔斯楞这时就像巴特尔预料的那样，局面由不得他掌控了。加上那些个贵族的胁迫，在包围我们的第四天，他突然发动了进攻。

贪得无厌的人，永远不会心满意足；奸险毒辣的人，永远不会回心转意。复仇的怒火已经使他们燃烧起来，哪还顾得了那么多。

接下来的进攻并没有使他们占到便宜。因为我们的地势好，又是二百多米的防守高度，他们根本攻不上来。就是在谷口前的陷阱里，也让苏赫巴鲁损失了一个小队。等到其他的人攻打到山脚下，一层一层的防守人员鹅卵石、射箭就阻挡了他们的进攻。人员损失不少，又攻不上来，阿尔斯楞只能收兵。

莫日根的人看到这种情况也没什么好办法，知道即便是逼阿尔斯楞也攻不上山来的。这时，有个参加过十三翼之战的人建议，以围而不攻打消耗战。他说，只要围困我们，等到我们

吃的喝的全没了就可以在阵前把我们一个一个消灭掉。这个建议得到敌军一致的同意,这是也是阿尔斯楞最想要的借口。就这样,他们整天在营帐里吃吃喝喝,面对着我们山上的日夜防守也不着急进攻了。有时候,吃到高兴处,还会对着我们的护卫人员手舞足蹈地挑衅着。

晚上趁着夜色,布和把这个消息送了出来。而且他还说,莫日根已经跟着巴达尔图第三次攻打西夏国去了。

"那就是说,莫日根把他的一百个人留在了这里?"巴特尔还有点儿不敢相信,莫日根的胆子也太大了吧。

"是的,还指派了一个头儿。"布和肯定地说道。

"巴达尔图就这样任他胡来?行军打仗他少一百人会不知道?"巴特尔还是觉得不可思议。

"这你就有所不知了,莫日根采取了偷梁换柱的做法。我接触了他们里面的几个人,他们告诉我说是刚进入莫日根队伍里的。那就说明,他是从别的地方找了些人来看着阿尔斯楞的。但里面的那个头儿很厉害。"

"他下这么大的决心要置我于死地,我和他有多大的仇啊。"巴特尔叹息着,摇了摇头。

"塔林巴特尔,我不回去了,就让我留下吧。"布和急切地看着他。

"那你的夫人和孩子怎么办?"

"我想苏赫巴鲁一时还顾不上这些的,那他们暂时就没有危险。等到局势明朗,我再回去找他们。"

"难得你这样忠心。你去查干巴拉那儿吧,他会给你分配任务的。"

和我们打持久战,看似很聪明啊。那我们就耗着,看谁能耗得过谁。等莫日根回来了,那成吉思汗也就在蒙古了,再想办法吧。幸亏早做了准备,预备了一年的粮食,不然可就糟了。

他找到了朝鲁,查看了仓库里的食品储存,这才放下心来。巴特尔想到这里,不由得长长舒了口气。

就这样耗了一个多月,一个意外改变了战局。我们在外的那两个商队,在驿站里等到波斯人做好交易后,又等了一个月,一直没有接到巴特尔的消息。他们就派了一个人悄悄从阿尔泰山翻了过来,知道阿尔斯楞把我们围住了。他们实在是不放心城堡里的情况,而且也怕被那些盗马贼或莫日根的人发现,就心存侥幸,想趁天黑没人注意的时候悄悄从通道里回来。一路上他们确实是小心,等到夜幕降临时,就商定好了,一队一队地进入。看到第一队进去后确实没有危险,第二队才走了进去。正是这个时候,莫日根的探子发现这边影影绰绰有人影,但他没有声张,而是密报了莫日根派在这里的那个头儿。

这个错误是致命的。久经百战的那个人白天在我们面前装着什么都不做,其实晚上派探子不停地在那些山间巡视。他觉得我们几百个人肯定要出来找吃的喝的,就这样被他们发现了秘密。他让密探不动声色,自己赶紧把人马全部调集了起来。

正如巴特尔说的那样,什么都是最好的安排。我不怨天也不怨地,只要能和巴特尔在一起。

当阿尔斯楞带着人从秘密通道里进来的时候,遇到我们英勇的城堡里护卫队的顽强抵抗。他们凭借着对地形的熟悉,利用山顶的瞭望口和洞窟里四通八达的通道和他们作战。这时,巴特尔带来五个人,保护我和额尔德木图从我们寝宫后面空房子里的通道翻到正门的山脚下离开。分别时,巴特尔最后抱了抱我,让我照顾好我们的孩子。我没有流泪,看着他匆匆地离去。

在护卫队的保护下,我和额尔德木图进入了那个通道里。我告诉额尔德木图我是不会离开这里的。和巴特尔在古堡里两年多的生活,这辈子值了!只请求他把这一切记下来,我想用这样的方式来纪念我和巴特尔这刻骨铭心的爱。没有巴特尔,一切都失去了色彩。

第二十八章 没有结局的结局

那木海加不苏念到这里停住了，好久好久没有人说话，大家都沉浸在故事里。

"没有了？那还是不知道古堡怎么就从地平线上消失了呀？"李威突然打破了沉默。

张队内心那个激动啊，如翻江倒海："还是有些重大发现的，她的叙述就解释了我对壁画的困惑。我还疑惑他们壁画里的内容，很多不协调的地方都一一解释通了。比如，萨日头上的吐蕃王冠是画师自行加上的，这和她的衣着就不矛盾了。还有，她身旁那个俊美的男子正是塔林巴特尔，也因为他的怀柔和包容，才使得古堡如世外桃源般吸引了各民族的人们来投奔。这也解释了在古堡发现的通用于公元六至八世纪的吐火鲁文的出现。人在极端情况下，往往最喜欢用自己深信不疑的古老的方法来祈福。最令人啧啧称奇的还是这个古堡，你看它是源之于巴特尔母亲索布德夫人的先祖达玛的小王子逃难时所建，后又被颇有渊源

194

的后代子孙巴特尔发现，真是应了那句'冥冥之中有天意'啊！最重要的是，古丝绸之路的参天可汗道的西段由哈勒和林往西经阿尔泰山到南俄的大部分草原，横跨了欧亚大陆。这个意义非凡。那个时期，中国、波斯、阿拉伯国家是文化和技术相对发达的地区。就因为这些贸易往来，让先进的文化和技术流入了相对较落后的欧亚大陆，从某种角度来说，它推动了世界文明向前发展。这原来最早是由塔林巴特尔开辟的。真了不起呀，这也是重大的发现。"

"参天可汗道不是元世祖忽必烈开辟的吗？"李威一脸迷惑。

"听我仔细给你说清楚，你就明白了。参天古汗道是从唐朝的长安出发向北经漠北的草原大道往欧洲去的，是古丝绸之路的一条辅线。最初是唐太宗平定突厥薛延陀后，稳定了北部边疆的局势，为了使这些北方游牧民族和中原的农耕文化有很好的交流与融合，避免这种长期的对峙与冲突；同时也为了方便少数民族的首领来长安入朝觐见的方便而修建的专门通道。所以叫参天古汗道。有记载，唐太宗曾不远千里，亲临这参天古汗道和这些北方游牧民族的首领会盟，不仅表达了大唐开放包容的民族政策，也为北部边疆的稳定与持续的经济发展奠定了基础。建有驿站六十八处，备有马草和食物供来往的使者使用。后来，随着文化交融的慢慢渗透，也带动了经济的发展。通商的商人也可以来此休息、歇脚。他们为唐朝通向欧非亚大陆的贸易交融发挥了不可磨灭的作用。因为宋朝以后，漠北草原的连年征战才使这条商道荒废了。从萨日其格的叙述中可以推出，是由塔林巴特尔最先开辟出由草原到阿尔泰山的通路。那时他们已经通到了欧亚大陆，这里也有记载。后来，成吉思汗是应该得到了这条商道的，然后忽必烈又打通了从哈勒和林的通路。应该是这样的顺序。"

"等等，这里还有。"原来，在这些记录文字的反面，又发现

一段文字,字体明显变小了,显然不是一次写成的。

"快念念。"张队也着急起来了。

那木海加不苏继续说道:"我一路跟着嫂子找大哥。尸横遍野,直到山顶,看见大哥和阿尔斯楞正在对峙。大哥质问阿尔斯楞为什么要兄弟相残。阿尔斯楞满脸后悔:从小到大,大哥什么也不比他强,但是却得到所有人的关注,包括眼前的大嫂萨日。父亲札木合更是看中他,要把古尔汗留给不思进取、软弱无能的大哥。而萨日也是,眼里只有大哥,却从不正眼看他,所以他恨。特别是哈撒尔,不仅杀了父亲还为大哥求情,他更恨。但是,他现在知道自己一直都错了,从头错到了尾,那就做件正确的事吧。

突然阿尔斯楞向大嫂射出了手中的箭。大哥用自己的身体挡在了前面。阿尔斯楞也没有想到会射中了大哥。萨日悲愤地拿起了大哥手中的箭,射向了阿尔斯楞。而他也同时射出了第二箭。这时就看见皎洁的月光被漫天的风沙遮蔽住了。太可怕了,太可怕了,排山倒海。我……"

"就这么多,断了,没写完。"那木海加不苏反反复复地看着那信,显然不甘心。

"难道是沙尘暴把这里给埋了?"李威挠了挠头,看着张队。

"嗯,至少是遇到了极端的天气。"张队接着说,"那木海加不苏,你看看这段有多少个字?"

"一百字差不多吧。"那木海加不苏估摸着。

"那以你们的记字速度不要一分钟就写完了吧?"

"半分钟就够了。"他很肯定地说。

"我要把这个情况提供给气象专家,不管是什么原因,天灾毁灭了这里是肯定的。而且从最后这段比较混乱的叙述中,可以想象出当时的情景。大自然的鬼斧神工,谁能料得到呢?"张队长叹了一声。

乌日东看了看大家，显然是刚从沉思中回过神来："我刚才一直在想，其实阿尔斯楞不是想杀他大哥的，他是不想萨日被莫日根摧残。可换来了这样的结局，已经不是他们自己能控制的了。塔林巴特尔一直想远离战争，远离屠杀和掠夺，走自己喜欢的人生道路。可是，树欲静而风不止。虽然他们的生命很短暂，但他们短暂的一生是值得纪念的。虽然古堡最终还是从地平线上消失了，但他们的一生值得颂扬。因为他们真正地活着。"

"说得太好了。"李威情不自禁地鼓起掌来。

后来，那木海加不苏跟着大家一起回到了他阔别四十多年的家乡。他要回来看看，那让他日思夜想、魂牵梦吟的故乡。这里有他先祖的血泪，有他父亲的英魂，也有自己成长的足迹。这片美丽富饶的土地，曾经孕育过成吉思汗、札木合、哈撒尔、忽必烈这些伟大的马背英豪，带领着蒙古族人民走向了文明，走向了繁荣。而它广袤深邃的土地下面，又蕴藏着那些还不为人知的秘密等待着人们去探索、去发掘。这片美丽而富饶的草原啊，这就是生我养我的土地，就是我深深眷恋的故乡，我再也不会离开……